Ejido Mental

Ejido Mental

Emanuel Villanueva

Published by Emanuel Villanueva, 2022.

Índice

A:

Michelle Deliz, viajera del tiempo presente que continúa tras la búsqueda de la sabiduría y lo divino dejando siempre sus gratas huellas en las personas que transcurren por su vida y a Carmen Delia Nevárez por tu gran ayuda en esta obra.

Introducción

Siempre ha sido de mi interés el género de la ciencia ficción y una de las cosas que más llama mi atención de este género es en que, base a la ciencia que conocemos hoy día podemos dar vida a algo no existente ahora en el presente, pero que tal vez en un futuro, no muy lejano, pueda ser una realidad. Algo que siempre ha fascinado al ser humano es, el tratar de visualizar cosas que no ha visto. Son muchas las veces que he oído a personas preguntarse: ¿Cómo será el futuro? A ciencia cierta ninguno de nosotros lo sabe y en mi opinión es algo que solo como individuos podemos decidir. Con solo observar como están las cosas en nuestro presente podríamos obtener una imagen borrosa de como sería nuestro futuro. Traten de visualizar este mismo día: ¿Qué problemas nos acarrean? O ¿Qué cosas nos preocupan? ¿Deforestación global? ¿Los pasos agigantados de la tecnología? ¿Agujeros en la capa de ozono? ¿Virus globales? ¿Dinosaurios color violeta? Etc. Pongan lo que ustedes quieran y súmenle a eso unos veinte o cincuenta años; ¿Cómo será entonces? ¿Qué otras complicaciones tendríamos? Eso, aunque solo lo sabe el Padre celestial y se que tal vez pueda sonar un poco desalentador; sobre ese incierto futuro que nos espera, recae en nosotros el deber de realizar bien lo que estemos haciendo a diario como ciudadanos responsables. Ideen esto; el día de hoy es presente y en una semana sería el futuro; ¿Qué pasaría si en una pequeña isla como Puerto Rico, en la que viven alrededor de unos casi cuatro millones y pico de personas; cada borícua estuviese de acuerdo en arrojar una lata de gaseosa en el patio de tu casa? Una lata es insignificante, piensan muchos, pero vivir entre alrededor de cuatro millones sería una pesadilla. No es que sea fanático ni ecologista, pero es un poco preocupante, ¿no? y mucho más cuando se trata del espacio en que vivimos. En resumen, mi punto es, que el futuro, aunque es algo incierto es un terreno abarcador y fértil, que está dispuesto a dejarse sembrar esa pequeña semilla de la literatura, inventiva, ficción y lo que aguante el papel.

Es ahí, que entró en gestación esta historia, ésta me llamaba mucho la atención pero como estaba en pañales decidí echarla a un lado y comenzar a escribir otra historia que traía cuajando en la mente desde hace tiempo atrás. Al acabar la historia que titulé: Naturaleza Caída, inédita aún, otras ideas comenzaron a llegar a mi mente y éstas encajaban a la perfección con esta historia que leerán a continuación. Ahora, me encontraba en una encrucijada, terminar de re escribir mi última historia o comenzar a escribir la del fulano del tiempo, el que no dejaba de agitarse en mi cabeza como un niño que se está haciendo y no deja en paz a su maestra hasta que lo deja ir al baño. Así que pospuse la adaptación y decidí deshacerme de esos pujos mentales que me agobiaban, Brurrb - perdón, y la única forma de hacer eso fue comenzando a escribir, tan sencillo como eso. Al principio, el protagonista, Aureus Deméter, sabía demasiado en cuanto a la trama se refería, entonces, ¿Qué gracia tendría que el personaje principal lo supiera todo? O por lo menos la mayor parte; por eso decidí que en el primer viaje que él haría en el tiempo, perdería la memoria porque: ¿En serio, no creerán que les iba a soplar el final de la historia? ¿Ah?

Haciendo ésto le otorgaba mas interés a la trama y al mismo tiempo tenía mas tela de donde cortar; ya superado este escollo, pasé al siguiente nivel en el que me topé con otro tropiezo. Por lo regular siempre he preferido la prosa libre y mientras más sencillo me sea el vocabulario, mucho más fácil me es a la hora de escribir. Como si fuera poco, resulta que nuestro protagonista tiene los sentimientos a flor de piel por esto tal vez la narrativa parezca algo abstracta y poética, dándole así un matiz diferente e interesante a las cosas en cuanto a narrativa y trama se refiere; algo que me convenía mucho, aunque por otra parte este sentir y expresar único de él hiciera más arduo mi trabajo, estaba bien porque sería este sentir el engranaje principal, que añadiría una riqueza literaria al texto y a la vez, nos haría apreciar de una manera mas íntima su cosmovisión.

Ya que nuestro protagonista estaba algo solitario, y no es bueno que el hombre esté solo, nacieron sus compañeros de viaje: un hombre poco pasado en edad y un perro que ocasional mente junto a su amo le acompañarían y le servirán de guía a nuestro amigo, que por cierto andaría la mayor parte de sus días perdido en el tiempo y espacio. Teniendo estos personajes ya delineados, había otra cosa que me inquietaba del concepto original y era que sería demasiado fácil regresar en el tiempo a resolver un problema específico; así que, surge la idea de que aunque son posibles los viajes del futuro al pasado, no son certeros. Me explico, Aureus regresa tan solo varios siglos atrás de la fecha que se supone que hubiera llegado y con el pequeño problema de no recordar como poder viajar en el tiempo otra vez «recuerden perdió la memoria en el viaje». Entonces fue que pensé y me dije: Tengo una historia que contar. Comenzó la negociación, y ya que el protagonista decidió darme trabajo en la narración con su estilo peculiar de expresión, yo, decidí freírle el cerebro poniéndolo en un entorno prácticamente desértico, un trato justo, es por ésto que la mayor parte de la trama se desenvuelve en Níger «África», lugares adyacentes y en otras partes del mundo. Mientras que en este extraño recorrido por el tiempo se paseaba nuestro protagonista a gusto y gana, aparecerían otros personajes que influirán en su vida llenando la historia de intriga y muchas otras cosas que descubrirán en él una verdad oculta que también ha intrigado al ser humano por miles de años. Mientras, nos embarcaremos junto a Aureus en un viaje sin fronteras en el que el tiempo, el espacio y lo incierto formarán parte de su diario vivir.

Espero que disfruten de esta breve, pero fantástica historia tanto como yo disfruté escribirla. Les exhorto a que perseveren en la lectura tanto como en la vida dando una buena batalla, lo importante es no rendirse nunca y verán que pronto alcanzarán la meta que está cerca. ¡Adelante!

Emanuel Villanueva

Toa Baja, Puerto Rico

Miércoles 10 de marzo de 2022

Prefacio

Estimado lector:

Admito que como todo escritor, hubo momentos en que casi me ahogo tratando de superar las dificultades de esta locura, en la que una vez, comenzado el recorrido no hay vuelta atrás. Muchas veces mientras escribía esta novela, tuve lapsos de bloqueo mental, como el que tengo en estos momentos mientras escribo mi último guión para la pantalla grande «The Light Path o El sendero de la Luz», pero bueno, eso no viene al caso, porque en esta historia que están por leer siempre tuve claro y a la mano toda la información del protagonista. Todo el concepto de la historia por escribir estaba en mi mente ordenado y listo para ser transcrito al papel, el único inconveniente que tenía era que todo lo que sabía no podía decirlo sencillamente porque arruinaría la trama. Entonces ¿Qué debía hacer para comenzar a abordar el asunto? Las opciones no eran muchas:

a. No escribir nada en un tiempo indefinido hasta esclarecer mas la trama.

b. Esperar alguna ocurrencia del protagonista, pero al parecer estaba de huelgas.

c. Darme contra la pared para ver si surgía alguna idea.

d. Quemar de mi escaso cerebro varias de las últimas neuronas de repuesto que me quedan. Y...

e. Todas las anteriores.

Creo que la opción *e* fue la que me pareció más sensata en ese entonces y no fue hasta mediados del mes de agosto del 2002, que el personaje de Aureus se cansó de holgazanear y me dijo: «La inercia me ha sofocado y el espantoso ruido del silencio me ha ensordecido, ¡ponte a escribir so' vago». –Entonces soltando una carcajada continuó diciéndome: «Pero, hablando en serio, dame algo de acción, ¿Que tal una pelirroja semidesnuda? Tú sabes, para mantener la emoción.»

Medité un rato en la propuesta y consulté el asunto con una de mis neuronas disfuncionales «la que por lo regular se encarga de las funciones creativas y se entretiene dando vueltas una y otra vez en un carrusel como si fuese una rata» y llegamos a concluir de que valía la pena darle la oportunidad de contar su historia. Después de que accedí a su súplica, lo puse, de inmediato agonizando en un campo de batallas, claro eso fue antes de haberle disminuido y ajustado varias tuercas a su yo. Luego que tuve un perfil acertado del protagonista decidí comenzar con la narrativa y emprendí un viaje junto con él a lo incierto, armándome de valor y paciencia para ver que tenían que contarme él y los personajes de esta historia. Yo solo estuve ahí observando como ustedes lo estarán en breve, la única diferencia fue que yo traté de plasmar en letras todas sus ocurrencias y hechuras para que ustedes queridos lectores pudiesen disfrutar de una lectura amena, construida con todo mi empeño, sinceridad y afecto en la que ustedes como amantes de las letras se puedan recrear. Espero, sea de su agrado esta sencilla obra.

PD: Nunca le concedí a Aureus el episodio con la pelirroja.

Emanuel Villanueva

Soñar que sueño.

Soñar con otro sueño, en el que sueño

Soñar que los sueños no son solo sueños.

— Ejido Mental.© —

Primera parte

Pasando el Tiempo

13

— Ejido Mental. © —

1

Bajo las tinieblas se encuentra mi ser, inquiriendo en el abismo de mi existencia, mi proceder. Si es que he de sucumbir bajo la furia inevitable de lo incierto, quisiera por lo menos saber ¿Quién soy? Y ¿Hacia dónde voy? Esta duda nubla mis pensamientos junto a este extraño sentimiento que en mi vientre siento; se me escapa la vida...

El llanto cenizo de la noche mitigó la luz de mis ojos logrando que también la luz que irradiaban las estrellas se haya fugado; ya, solo quedaba a mí alrededor el horror impregnado en los numerosos rostros y cuerpos que yacían a mi lado. La intensa neblina que emanaba de las múltiples lenguas de fuego que consumían todo a mi alrededor, sofocaban mi respirar dejándome un sabor agudo que abrazaba mi aliento.

Una sustancia espesa y caliente se escapaba de mi vientre por medio de una hendidura hecha por un frío y enorme diente; aún me observaba imponente esperando que mi ánima me deserte. Para desilusión suya ¿o la mía? Solo sentía una ola fría que trasladaba mi cuerpo a un sitio en el que ya antes he odiado estar; un lugar vacío y oscuro en el que reina la incertidumbre que aterrorizaba mis días, espantaba mis sueños por la noche, haciendo que en profundos letargos mi ser vagara, a los que no quería ir más y menos por tiempo indefinido...

En su afán de dominio y gloria aquel dragón con manos de hombre retiró de mí su sable y con una extraña mirada me dejó a merced de quien sabe. Un ligero zumbido, para mí lejano, comenzó a enloquecer mis sentidos y mientras más lograba aturdirme más rápido me llegaba el descanso; mis palabras menguaron y la profunda noche absorbió mis energías.

El tiempo y el espacio se desplazaron de mí, la razón me abandona y no sé que hacer incluso, ya ni sé como llegué aquí; pero si algo sé, es que *no quiero morir*...

— Ejido Mental. © —

2

–Nadie quiere morir, Aureus. –Dijo Roque, ya sé dos cosas, mi nombre y el de él. –Asumo que ese es su nombre pues lo estoy viendo en dos placas metálicas que le cuelgan de la garganta a este hombre mayor medio calvo. Vi a mí alrededor sin reconocer en donde estoy y por lo que contemplo, me hallo sentado en la plazoleta de un parque pasivo de recreación jugando ajedrez con este señor. Apenas me sobran algunas palabras y siento mi cerebro casi vacío como el de un recién nacido que solo quiere adquirir información, con la excepción de un detalle que me parece un tanto extraño; ¿Cómo lo sé todo acerca de este juego? Incluso hasta sé que el modelo del tablero holográfico activado por voz es el 2051. ¿Qué sucede con mi cabeza? Porque que los pensamientos que tengo no encuentran compañía y en cambio solo dan con un lugar frío y vacío.

–¿Cómo llegué aquí?

–¡En un túnel del tiempo! –Replicó, sarcástico–.–Es broma, viniste como siempre, caminando.–

Cuando creí escuchar algo que le daba sentido a mi situación o una esperanza de no estar loco, no estaba hablando en serio. ¡Qué más da! Solo espero que la cordura me acompañe para averiguar que me acontece. Ya es mi turno de jugar y al momento de dar el comando oí un grito ronco y fuerte que me hizo estremecer, salté fuera de la banca y al instante caí de pies a la defensiva.

–No lo jodas así perro majadero, anda, vete por ahí un rato. –Le dijo él al can–. –No te preocupes, que no muerde, Balduino es un perro bueno; solo que a veces es un poco inquieto, siéntate. –Menos mal que no muerde, porque si hubiera clavado sus dientes en mi pierna de seguro me muero si no de rabia, del susto. Ya no se ve tan fiero, bajó la cabeza y moviendo la cola se fue a mear un árbol que había más adelante. Sintiendo ya un poco de tranquilidad me senté.

–Caballo b5 a c7; –Ordené–.–Jaque. –Roque halagó un poco mi jugada e hizo la suya sacando al rey fuera de peligro. Cuando me dispuse a dar el próximo comando algo en mi mano izquierda comenzó a chillar, el agudo sonido provenía de un aparato metálico liso con forma de brazalete que estaba aferrado a mi muñeca y que no sabía como había llegado ahí ni para que era.

–Tranquilo es solo tu reloj; ¿Qué hora es?

–Las cinco y treinta. –Y aunque no sé porqué, de repente una inquietud increíble me abarcó; como si algo allá afuera aguardara por mí. Sin pensarlo mas me despedí y mientras caminaba hacia la calle me gritó con la seguridad de que volvería «¡Luego terminamos la partida!», asentí y continué caminando sin tener dirección alguna hacia donde ir, solo quería mantenerme en movimiento. Pero si de algo tenía certeza, aunque no sé cuando ni donde, era que volvería a ver a ese sabio fósil.

Varias horas después me detuve, porque de alguna manera mis ánimos cedieron, y junto a mis energías esa inmensa esfera luminosa que está prendida del cielo, era ahogada por el torrente bravío que se batía por ella arropándola sin piedad; dejando al descubierto inmensas sombras- que se colgaban de los imponentes edificios en mi alrededor dejándome en la penumbra rodeado de indiferentes criaturas que solo buscaban lo suyo.

–¡Hey! –Gritó, una apuesta mujer de tez canela desde el interior de un pequeño restaurante árabe, mientras golpeteaba con fuerzas en el vidrio del escaparate. De hecho estaba a solo varios pies de ella y no sé como de primera instancia no oí el escandaloso toque estremecedor. Cuando la dama notó que tenia mi atención me invitó a entrar con un delicado ademán.

–Felicidades mi amor. –Dijo, cuando me paré frente a ella y sin titubear dio un paso a delante, puso sus labios sobre los míos y dejó en mi boca un refrescante sabor a manzanas con canela. Sin saber que hacer o decir esperé ahí parado y aguardé a que ella diera el próximo paso, entonces acarició mi rostro y apretando un poco los ojos, sonrió.

–¿De dónde sacaste esa estúpida ropa? –Preguntó con tono burlón refiriéndose al conjunto que traigo compuesto de: camisa elástica ajustada, pantalones con correas en las caderas y rodillas y esta gabardina negra que me llega hasta los tobillos y deja al descubierto un par de botas negras ergonómicas que han sido algo desgastadas por los años.

–No recuerdo. –En realidad no sabía en donde había obtenido este atuendo y al observarme noté que traía en la mano derecha un maletín de titanio como de un pie cuadrado, ¿Qué había adentro? Levanté la mirada y sentí una interrogante acosadora en la expresión de esta mujer y aunque desconocía quien era, tenía la impresión de que ella sabía muy bien quien soy yo.

–¿Es para mí verdad? –Denotó emoción en su timbre de voz y me hizo sentir un alto grado de culpabilidad, acaso troncharía yo esos bellos ojos color café y sus expectativas si dijera que no; por otra parte desconocía el contenido del mismo pero ¿Qué otra cosa podría ser que un presente para ella?

–Felicidades. –Dije, aún con la incertidumbre del contenido y le di el maletín decidiendo seguirle la corriente para ver si podía averiguar algo más sobre mí.

–¿Por qué Dios me habrá dado un esposo tan olvidadizo? Nuestro aniversario es el mes próximo.

Aun así me arrebató el maletín y se lo llevó corriendo, se metió detrás de una barra localizada en la parte más obscura al final del modesto restaurante y lo escondió como un perro a un hueso para no compartirlo; ¡un momento! Dijo ¡esposo! Miré de inmediato mi mano izquierda y ahí estaba el anillo de bodas color plateado. Este tenía una inscripción en árabe grabada alrededor y aunque no entendía la inscripción, no era lo que me urgía en ese instante.

Dios, ahí viene mirándome fijo a los ojos y cargando en sus manos una caja que sacó de detrás de la barra. Algo en mí en ese instante dejo de estar bien, no sé si era porque las cosas estaban sucediendo demasiado rápido o porque simplemente no estaba seguro en poder corresponderle; pero el tiempo comenzó a fraccionarse a mi alrededor y los párpados se me hicieron pesados dejándola a ella ya en mi cercanía con movimientos lentos y pausados. ¿Que me sucedía ahora que experimentaba esta extraña y nueva sensación enloquecedora de innumerables mariposas que sin cesar revoloteaban en mi estómago?

Y deteniéndose a solo unos pasos de distancia, abrió la caja.

–¡Sorpresa! –Gritó mi *esposa* y al instante como unas veinte personas salieron de atrás de una puerta corrediza de espejos, que estaba ubicada al lado de la barra, cantando una canción de cumpleaños.

No esperaba el grito y menos a toda esa gente que parecía conocerme, y mientras ellos continuaban cantando ella encendió las únicas dos velas, una de un tres y la otra de un cinco, que estaban sobre el pastel y me miró risueña. Con tanta gente a mí alrededor y en suma a la lista de las otras cosas que sentí anteriormente comenzó a faltarme el aire.

–Sopla las velas y pide un deseo.

Hice el intento por complacerla, pero cuando tomé un poco de aire en la boca e intenté exhalarlo caí al suelo boca abajo. Desde donde estaba solo podía ver los pies de las personas que me rodeaban, ella se arrodilló y bajó hasta mi nivel asustada; mientras que de fondo solo se escuchaban vagos murmullos que incluían los de ella. No sé con claridad que me quería decir pero intentaré reproducirlo: *están busscando aludiareste*, creo que estaban buscando a alguien o que alguien estaba buscando ayuda de todos modos no entendí; de repente todos aquellos rumores cesaron en seco y creí que había perdido la audición por completo pero me equivoqué, porque todavía a lo lejos lograba escuchar un pedazo de una pieza musical extranjera. ¿Entonces porqué todos callaron? Esto me hizo mirarla de nuevo ya que no entendía que sucedía y al verle apartó la mirada de mí, buscó con la vista sobrepasándome por encima y con una expresión de asombro volvió a mirarme y me soltó. Hice un último esfuerzo para ver porque había puesto esa expresión de confusión, giré el cuello y frente a mí vi un par de lustrosos zapatos color negro, miré para arriba con lentitud y para mi sorpresa ahí estaba yo de pies frente a mí mismo, mientras permanecía tirado en el suelo al mismo tiempo, sí, confieso que fue algo extraño y ahora comprendo el porqué de su desconcertada expresión...

—Ejido Mental.© —

3

Es como verse en un espejo, a lo lejos parezco reflejo y de cerca espejismo. El cielo estaba despejado por completo, como si esa enorme estrella brillante que estaba sobre mi hubiera ahuyentado con su espantoso calor las nubes del firmamento. Creo que estaba alucinando o algo por el estilo, la temperatura de mi cuerpo había aumentado varios grados y tenía la sensación de que el cerebro me herviría dentro del cráneo; sin embargo, aunque sentía vagos los pensamientos mis fuerzas reanudaban y fluían por todo mi ser como nunca. Decidí incorporarme, me senté despacio y vi a mí alrededor un círculo de roca de casi unos veinte metros de diámetro. Esta perfecta circunferencia yacía sobre lo que a mi entender era un enorme, árido y macizo desierto que me servía de piso. Junto a mí, un maletín metálico cuadrado sobre la arena y a lo lejos, hasta donde alcanzaba ver, habían dunas de suave aspecto que parecían gigantes dormitando en el suelo.

Tengo que admitir que estoy desorientado por completo; me puse en pies y miré a mí alrededor sin ver ningún movimiento que me indicara vida, incluso, hasta el horizonte me parecía muerto. No tengo referencia alguna o idea de hacia donde ir y aunque no estoy seguro algo en mi mente me afirma que tengo una encomienda en este espacio y tiempo. Sea cual que sea presiento que tiene ver con esa maleta y no importando lo que tenga que hacer debo continuar hacia delante; así que la agarré y comencé mi indefinida travesía por este inhóspito paraje. Sin rumbo alguno fui en dirección hacia esas aquellas lejanas dunas que divisé antes, tal vez halla algo detrás de ellas, total, alrededor de mí no veo nada ¿Qué puedo perder?

Alcancé la primera como a un kilómetro y con dificultad subí a ella para ver si más adelante había algo más que mi sombra y yo. A mi izquierda otras dunas y a la derecha solo el suelo vacío, la vegetación era nula y solo se veía frente a mí en la plana y distante llanura un vaporizo zigzagueante que ascendía desde la tierra y se mezclaba con el cielo; mientras el cerebro comenzaba a encogérseme como si lo comprimieran con una enorme prensa, ⁻Creo que voy a enloquecer si algo no sucede pronto.-

-¡Guau-guau-guaau! –Ladró con un tono fuerte el muy desgraciado haciéndome rodar duna abajo y tragar tierra. Escupí el resto de la suelta y caliente arena que había en mi boca, miré hacia atrás y aún estaba ahí parado el muy infeliz meneando la cola como si hubiese hecho un chiste. Me parece que a ese tipo de perro tricolor de pelo corto, ojos grandes, musculatura algo robusta y medio payaso lo clasifican por su raza como un Beagle y aunque no sé explicar como, creo recordar o haber tenido un perro como ese en el lugar del que provengo.

Cuando se percató de que le observaba movió la cabeza invitándome a seguirle, se dio la media vuelta y caminó sin problema alguno sobre la arena con sus patas redondas. Aún así, que caí duna abajo, no solté la maleta que traía; solo me incorporé, sacudí la arena de mi atuendo y cabellera y seguí al can dejando un espacio considerable entre nosotros por si acaso el muy maricón decidía voltearse a morderme. Después que bajó la duna y la rodeó se detuvo a mirar si lo estaba siguiendo; al confirmar que así era continuó la marcha por el lapso de un kilómetro sin detenerse o mirar hacia atrás.

Después de un rato se sentó sobre algo dándome la espalda. Me acerqué cauteloso para ver que hacía, tal vez estaba cansado o era chica y quería intimidad para ir al baño pero, no, cuando lo vi de frente tenía las bolas puestas sobre una punta de flecha formada de roca que eran parecidas o tal vez igual a las que formaban el círculo de piedra que había dejado varios kilómetros atrás. Con calma levantó el trasero del simétrico triángulo, dio unos pasos atrás y se detuvo.

–¡Fsschi! –Respingó meneando el cuello y rasgando él triángulo con la pata derecha delantera.

Esperen un momento, si el perro ese cree que voy a poner mi mano donde él puso su culo está bien loco; ladró otra vez, pero con un tono imperativo y puso su pata sobre las rocas como si me estuviese ordenando tocarlas. No es que sea tan susceptible para que un can me dé órdenes pero dentro de mí podía escuchar una clara voz que me incitaba a tocar las condenadas piedras y a menos que el perro pudiera hablar telepáticamente me sentía obligado a obedecer a esta emisión interna.

–¡Está bien las voy a tocar! Pero no porque tú me mandaste, bola de pelos, yo quiero hacerlo.–

Claro que me sentí estúpido hablándole a un perro pero al parecer me entendió, dio varios pasos atrás y se echó al suelo en expectativa de mi reacción. No sé porque tenía en la mente la idea de que estaba esperando la oportunidad perfecta para morderme y más aún me hacían sospechar esos extraños ojos negros con los que me observaba. Con cuidado me aproximé sin quitarle los ojos de encima, acerqué mi mano izquierda al suelo y con la yema de los dedos toqué la superficie de las rocas.

No era extraño que las rocas estuviesen extremadamente calientes por el intenso sol y que al tocarlas comenzara a sentir como se me quemaban las puntas de los dedos, pero en el momento en que ya la molestia era lo suficiente intenté despegar mi mano del suelo y no pude; el calor incrementó y ya no estaba solo en la superficie de mis dedos, ahora también subía por la palma de mi mano dejando una sensación de quemazón electrificante y seca.

Solté el maletín e intenté en vano halar con mí otra mano en otro intento desesperado de zafarme; el dolor continuó esparciéndose por mi codo como un ardor imparable y mirando al perro con enojo y frustración recibí de él una mirada indiferente «me ignoró», se dio la vuelta, se marchó por donde vino sin mirar atrás y me dejó solo con este calor desahuciante que me quemaba y ahogaba mientras ascendía por mi cuello directo a mi cerebro.

–¡Ahhhh!.. –Grité desesperado con dificultad cuando la flamante bestia alcanzó mi cabeza, con ella llegó la calma a mi angustia, el dolor desapareció y mi mano fue liberada por el suelo permitiéndome caer de brazos abiertos y ver el cielo flotar y disiparse sobre mi rostro dejándome en la niebla...

–¿Cómo te sientes? –Preguntó una extraña mujer de tez obscura, nariz semi-chata, tres puntos color negro en las mejillas y una figura dibujada en la frente que parecía un tres romano. Ella estaba sentada a mi lado y a pesar de sus extrañas vestiduras negras y una capucha con la que tapaba su cabeza, dejando al descubierto solo su rostro, me pareció ser una persona amable y hospitalaria que se preocupaba por mi estado, por eso fue que decidí el contestarle de buena voluntad.

–Mi nombre es; Aureus Deméter –Dije con seguridad después de haberlo pensado unos segundos–.

–¿En dónde estoy?

–En un campamento al sur de Níger en Zinder.

–Disculpa que te haga tantas preguntas es, que estoy algo desorientado, ¿Cómo llegué aquí?

–No es molestia, algunos hombres nómadas de la tribu Tuareg que huían del harmatán[1], te encontraron cerca de una de las puntas de la brújula tendido en él desierto de Terené inconsciente. –¿Cómo llegaste hasta ahí? –Ahora era ella la que preguntaba, vacilé en contestarle y no por desconocer la respuesta; bajé el rostro y callé un instante–.–Está bien no tienes que responder si no quieres o recuerdas.–

–No es eso, es solo que no me creerás si te digo.

–Inténtalo.

–Al principio no sabía de donde venía o quien era, pero cuando toqué la punta de flecha de lo que tu llamas brújula supe mi nombre y que vengo del futuro; fue como leer un mensaje aunque que algo doloroso, de ahí en adelante no recuerdo nada más.

Intentó contener la risa pero no pudo y aunque no fue burlona logró moderarla; se puso en pies, caminó hasta la entrada de la tienda, se detuvo y miró por encima de su hombro izquierdo.

–¿Un mensaje de quién?

–No sé, ¿Quién construyó el circulo? –Pregunté tratando de encontrar relación alguna con migo.

–Nadie sabe, pero lleva ahí como doscientos años. –Salió de la tienda y cerró las cortinas que colgaban entretejidas de un marco hecho de madera y piel de animal.

Esa contestación me dio a entender que ella no creía que el circulo tuviera que ver con migo, pero una corazonada me hacía pensar que eran falsas sus sospechas; de alguna manera esa figura geométrica tenía un enlace con migo, debía ser así, pero ¿Porque se molestaría alguien en grabar un mensaje para mí en unas rocas de doscientos años? En definitiva, era algo que tenía que investigar, aunque en realidad lo que me intrigaba era saber si había más pues solo logré tocar varias de las rocas que forman la punta triangular del extraño enigma y obtuve información de ellas. ¿Habría algo más en adición impregnado en las muchas otras rocas que formaban el círculo? ¡Sí, la había tenía, que saberlo!

Me senté ansioso en la hamaca en que estaba acostado, calcé las botas que estaban junto a mi en el suelo y tome la maleta metálica que traía con migo antes de perder el conocimiento. Ahora solo me interesaba una cosa información y estaba seguro de que reposaba por mí sobre la arena de este seco e inmenso desierto.

Moví la cortina a un lado con mi mano y el contraste oscuro del interior de la tienda contra el intenso brillo del sol reflejado en la arena de aquella pobre y escasa aldea hizo que perdiera el equilibrio por breves segundos. Una vez asimilé toda aquella luz dejé caer la cortina e intenté suprimir todas esas energías y ansias que me abarcaron tras estar sumergido en la inercia por no sé cuanto tiempo. Busqué con la vista la tienda más grande y la vi junto a uno de los pocos árboles que habían alrededor; esta choza parecida a las demás estaba hecha de varas secas cubiertas de paja y se diferenciaba de las otras por una verja de los mismos materiales que la rodeaba. Me dirigí directo a ella y al punto de entrar oí la voz de la misma mujer que me atendió hace un rato.

–Adelante, esperamos por ti.

Frente a ella estaba sentado en el suelo sobre una lona de piel y con un sombrero bastante elaborado de madera un hombre mayor que parecía ser el líder de la tribu, me ordenó en su dialecto que tomara asiento y ella tradujo para mí toda la conversación; me senté y le di gracias a él por las atenciones que me habían brindado su gente.

–En cambio de haberte salvado la vida debes quedarte hasta pasada la ceremonia. –Dijo de forma imperativa pero a la vez calmado. ¿Qué puedo hacer? a ellos les debo el estar vivo, bajé la cabeza sumiso y escuché el resto de lo que tenía que decir.

–Mi hija te cuidó el tiempo que estuviste sin conocimiento, ahora ella debe permanecer contigo;–Lo miré a los ojos y sin saber que decir, guardé silencio–.–cuando partas ella te acompañará.

–Conozco tu idioma y toda la región, de seguro te seré útil. –Dijo ella y se quedó mirándome a la expectativa.

[1]Harmatán.= Viento fuerte que azota la arena convirtiendo el aire en un viento arenoso; proveniente del

Noreste del Sahara.

–¡Sé qué así será! –Dije y sonriendo la tomé de la mano, ella bajó su cabeza y su padre poniéndose en pies salió de la casucha. Ya solos, le pregunté a cuánto tiempo estábamos de donde me recogieron y con el dedo hizo un punto en el suelo indicando nuestra posición, trazó una raya diagonal y la llevó hasta unas seis pulgadas acabando así con otro punto.

–Para llegar hasta allá nos tomará varias semanas.

Aunque el viaje tomara tanto tiempo lo que me importaba era llegar. Es increíble que a mi parecer fue ayer que estuve allí, pero aún no comprendo como pasé tanto tiempo inconsciente; creo que para ser un viajero del tiempo tengo una noción muy mala de él. La ceremonia dio inicio y en el exterior de la cabaña comenzaron a escucharse cantos, palmadas y tambores.

–Tengo que ir afuera. –Dijo ella, me miró a los ojos otra vez y poniéndose en pies me colocó la mano en el hombro y me susurró al oído–.–Espérame aquí, no se te ocurra salir.

–¿Quién murió?

–El que te encontró. –Contestó con un tono triste y seco. La noticia me consternó y me movió a querer saber más preguntándole antes de que se fuera.

–¿Cómo murió?

–Cuando te tocó para verificar si aun vivías. –No me atreví ni a mover un solo músculo o a hacer otra pregunta, ella salió de la habitación y yo me quedé ahí congelado viendo el Sol descender hasta que se ocultó por completo; seguí su entera trayectoria a través de los espacios que habían entre cada una de las varas que formaban las paredes que me rodeaban, hasta que la luna suplantó su lugar y arrojó betas de luz a mi semi-oscuro rostro. En el exterior ya solo se escuchaba el crujir de la leña cuando era abrasada por el fuego en la enorme fogata que iluminaba el centro de la aldea. No volví a ver aquella mujer hasta el día siguiente, solo permanecí ahí sentado e inmóvil en un letargo del pensar; estaba tan clara la noche que podía ver el hilo que unía los parches de piel del tapete en el que se sentó el jefe de la tribu y a pesar de ello mi mente, aunque un poco mas iluminada, divagaba tratando de ver mas allá de lo que me deparaba el destino. Se fue también esa tenue luz que vibraba a mí alrededor y tras ella llegó el alba con la esperanza de un nuevo comienzo.

–¡Yahyhaa!.. –Gritó un nativo enfurecido que entró de repente y trató de enterrar en mi cráneo una daga, gracias a la intervención de otros dos que entraron tras él y lo sujetaron justo antes de llegar a mí le fue imposible completar su atentado; entonces cuando lograron someterlo a la obediencia se lo llevaron arrastrando y entró ella.

–¿Estás bien?, preguntó disgustada, Disculpa lo sucedido pero es mejor que nos marchemos ya.

Estaba de acuerdo con ella, no veía por que seguir aquí y menos si corría peligro. Me tomó de la mano, caminó hasta el final de la aldea con migo, agarró de las bridas a un camello que tenía ya varias provisiones para el viaje y partimos de inmediato emprendiendo la marcha sin vacilar aunque yo estaba todavía desorientado por lo sucedido.

–¿Quién era el que intentó matarme?

–El hermano del que murió.

–No fue mi intención hacerle daño. –Ella no comentó nada más, anduvimos todo el día y cuando la noche cayó sobre nosotros nos detuvimos para acampar. Todo a nuestro alrededor estaba en calma, solo alcanzaba a escuchar el silbido del viento pasar junto a mí y aunque la luz de la fogata nos rodeaba estaba a la expectativa y para ser sincero no creía que pudiera conciliar el sueño. Ella esperó bastante para ver si me dormía pero el cansancio la rindió primero, no pegué un ojo toda esa noche pues a dondequiera que miraba ahí estaba parado aquel indígena entre las sombras con su daga esperando que en la vigilia decayeran mis ánimos y así caer en sus garras. Creo que estoy un poco paranoico, ya son dos los días en los que no duermo aunque por otra parte sentía mis ánimos incansables; el único deseo que tenía era el de caminar y llegar a mi destino lo antes posible. Cada vez la desesperación se adentraba más en mi mente y no podía resistirla, forzándome así a divagar constantemente para lograr que las horas se fueran volando. La dilatada espera nocturna dio resultado y las estrellas se fugaron junto a la flama de la fogata, dándole el paso a esa luz amarillenta que alumbraba la sabana.

–Despierta, es hora de irnos. –Dije impaciente, y sin protesta alguna se estrujó los ojos, se asió a sus efectos personales, los que no eran más que unas mantas que al parecer fueron confeccionadas a mano y un cofre rústico de madera que siempre traía envuelto en una pañoleta roja. ¿Qué tenía dicho cofre? Solo ella lo sabría, algo que de ser relevante a mí supongo me enteraré a su debido tiempo. Al preguntarme cuál era su contenido me entró la curiosidad me puso en duda ¿Qué tenía en su interior el que traía todo este tiempo en mis manos y porqué no me había hecho esta pregunta antes? Mirando lo por encima, aparentaba estar sellado, creo que por eso no he intentado abrirlo, la única ranura que tiene es un orificio circular como de media pulgada que está anexa a la tapa de la caja debajo del mango por donde la sostengo; esta parece ser algún tipo de cerradura aunque hasta ahora tengo mis dudas de que pudiera ser la llave, pero una insólita sospecha me hacía pensar que a donde voy estaba la información que necesito para abrirla.

–¿Estás bien? –Preguntó curiosa al ver que contemplaba ido el maletín.

–Sí,; no esperemos mas que tenemos por delante una larga travesía.

Sonreí cuando caí en si al oír su agradable tono de voz, ella tomó sus pertenencias, montó el camello y continuamos la marcha. Después de pasar por las provincias adyacentes, dejar atrás mucha arena desértica, hacer múltiples campamentos y arrastrar la sombra sin remedio por tiempo indefinido la distancia se acortó tanto que podía sentir de donde estaba el llamado del conocimiento hecho energía incrementándose incesable dentro de mí en la cercanía.

—Ya estamos en la frontera del desierto de Terené, ya solo nos restan varias horas para llegar a donde te encontraron.

Se bajó del cuadrúpedo y agarró un puñado de tierra mientras que los grados de impaciencia se aumentaban en mis entrañas de una forma exorbitante. En este punto de mi existencia el tiempo se detuvo y quedó atrás, mis pensamientos fluían mucho mas rápido que la luz en un plano infinito pero mis acciones eran retardadas por este tronco de carne que me ligaba al suelo.

—Llévame allá ahora mismo.

Sin demora ejecutó mi orden, tomó las riendas y caminamos en silencio sin hacer parada alguna. El hecho de que ella conociera este lugar tan bien como a sí misma me frustraba porque tenía la incertidumbre de no saber donde estaba con la excepción de lo que veía y que a mi parecer era el medio de la nada; ésto lograba desesperarme en gran manera ya que dependía de ella para llegar allá y no me dejaba otra alternativa que verme forzado a esperar por esas seis zancas peludas que me retrasaban un millar. Al llegar al sitio se detuvo y me dio las bridas de la rumiante bestia, se agachó y con una mano sacudió la arena que cubría la figura geométrica dejando al descubierto las piedras que formaban un triángulo «la punta de flecha en donde me encontraron».

–Llegamos, éste es uno de los extremos.

–¿Qué acaso hay más de una punta?

–Además de ésta hay otras tres que apuntan a los cuatro puntos cardinales. –Ahora entiendo por que le llamaba brújula a esta obra enigmática, tal vez tenga razón, tiene su lógica el que hallan construido ésto con él propósito de algún tipo de orientación geológica y que estas personas lo hayan visto como algún misterio sin importancia alguna. Reafirmándome en lo que pensaba comencé a creer que tal vez fue construido en específico para mí, quizás con los mapas de los territorios anexos o aun más las instrucciones a seguir en esta odisea.

–¿Sentiste algo raro cuando las tocaste?

–No. –Se movió a un lado y me dejo el espacio suficiente para que las tocara, caminé hacia las piedras, me incliné, extendí una mano para tocarlas y a solo pulgadas de alcanzarlas retiré la mano indeciso, o debería decir asustado.

–Ya estamos aquí y no para perder el tiempo, es ahora o nunca. ¡Tócalas! –Aseveró, seria, mientras que la angustia me resbalaba por las cuerdas vocales entremezclándoseme con la saliva y con un fuerte fruncido de rostro coloqué mi mano sobre las piedras esperando la muerte o la fuente del saber.

No pasó nada cuando entré en contacto con ellas, abrí los ojos decepcionado, la miré y le dije que a lo mejor estaban vacías por que ya las había tocado y que debía haber más en el circulo y puntas restantes, entonces le pedí que me llevara allá con la esperanza de no estar equivocado; de lo contrario todo este viaje hubiese sido en vano y estaría perdido sin rumbo alguno en un hastiante e inmenso mar de tierra. Mientras caminamos los dos kilómetros restantes para llegar medité y descubrí que había un presentimiento sutil que había ignorado todo este tiempo desde que llegué a este lugar. Me di de cuenta que la impresión o el sentir de que alguien o algo ajeno a mí me acosaba y conocía mi ubicación a la perfección era un factor tan real y tangible como este infame calor bellaco. No tenía una certeza de que era lo que me observaba pero lo que fuese no me quitaba la vista de encima y aunque no lo podía ver o palpar de alguna forma sabía que estaba ahí, detrás de mi nuca, esperando con paciencia algo de mi parte. A mí al momento solo me interesaba el querer saber que contenían las rocas, pero no podía evitar ni eludir el experimentar esta agitación esquizofrénica que me desfalcaba la tranquilidad.

–Llegamos, ayúdame a quitar la arena.

El viento había cubierto la mayoría de las rocas, así que se puso en cuclillas y con ambas manos comenzó a quitar la arena. Solté la maleta e intenté ayudarle pero cuando rocé el suelo con los dedos un impulso eléctrico me tiró varios metros atrás dejándome caer primero de culo y luego patas arriba.

–¿Qué te sucedió? ¿Estás bien? –Yo sabía que estaba en lo cierto, solo que subestimé la cantidad de data pues había más información de la que esperaba; apenas acaricié la superficie de varias rocas y ya sabía a donde tenía que ir.

—Sí, estoy bien y tenías razón, tengo que tocarlas todas. —Me reincorporé con dificultad pues la respiración se me acortó cuando impacté contra el suelo.

—¿Estás loco? Apenas las tocaste y vi como por poco te mata. No creo que sea sensato que las toques, pero si estás determinado a hacerlo debo decirte algo antes... —Se puso en pie y alejándose del círculo y de mí tragó gordo.

Caminó hasta el camello, tomó la pañoleta roja que estaba envuelta con todo y cofre y vino a mí en lo que yo permanecía ahí sentado sacudiéndome la arena y esperando sus palabras; bajó a mi nivel, dejó el contenido de sus manos en el suelo y desatando el nudo del enorme pañuelo expuso el simple cofre. Trató de hablar pero en cambio lágrimas de sus cuencas brotaron y bañaron sus turbios ojos, sus palabras se trabaron en su lengua y con dificultad pudo proferir su discurso de amargura que atormentaba su existir.

—Dilo, no lo aguantes más.

Colocando ambas manos sobre el cofre, y de lo profundo de su interior confesó que tras innumerables veces en este largo recorrido había premeditado cegar mi vida en venganza de su amor perdido, tras su confesar hubo un arrepentimiento sincero, miró penetrante mis ojos y antes de huir de mi vista para más nunca volver dijo claro y firme: —*No soy quien para tomar venganza en mis manos, Nnamdi es mi nombre y mi conciencia ya está limpia; no guardo rencor alguno en tu contra pero la sangre de mi prometido ahora está sobre tu cabeza y desde hoy en adelante mi nombre perseguirá tu conciencia y no hallarás reposo hasta tu ausencia.*

Fuerte y diáfano escuché estas agudas palabras que no pararon de vagar en mí aunque ya era evidente su partida. Después de hablar con tal vocablo puso pies en polvorosa y corrió al horizonte esfumándose en el ocaso, dejó el cofre sobre la arena y la intriga era tanta que no resistí la tentación de abrirlo. Toqué la estéril madera, abrí la tapa y descubrí una daga ceremonial que había sido destinada a mis entrañas; el poco sol rojizo que había se desvío a mi cara a través de esa hoja metálica refulgente, cerré la tapa apesadumbrado y dejé el cofre sobre el polvo del desierto reposando para siempre.

Ya de ánimos renovados caminé al círculo y me dispuse a recibir aquel elipsis sabor a puñetazos; estaba por completo en calma, ya las ansias y la incertidumbre se habían ido con ella, ahora solo quedaba yo junto a la información que se rendía a mis pies y suplicaba por mi mediación. El sol ya estaba acostado en la llanura, la luz empezó a menguar y mis manos a las rocas acariciar; Espero por ti sabiduría, ya que tu toque está a mi tacto y aunque me dejes a merced de la lumbre que en mi cerebro hiela mi cuerpo abandonando y expuesto al aire libre aun consciente de esta autonomía ausente, sé que no he de temer.– Las lumbreras afloraron en las alturas cuando la noche recorrió los confines de mis ojos, ahora el frío con desmedido brío arrojaba gotas de melancolía y ambliopía en mi vista inundando el inmenso firmamento. Por fin mis pensamientos estaban completos y rebozaban en mis sesos; por primera vez que recuerde sé de donde vengo y también a dónde voy, el problema redunda en que a pesar de que tengo claro mi objetivo desconozco que debo hacer para viajar al futuro otra vez. Mi reloj interno se apresuraba y me aterraba la idea de perder lo único que tenía, el conocimiento, quedando así en la locura y soportando la tortura de no saber ni quien soy.

— Ejido Mental.© —

Segunda parte

Vacío en el Tiempo.

42

— Ejido Mental.© —

1

–Deja ya las pendejases que bastante tenemos con estar encerrados en esta pocilga. –Refunfuñó Roque en su trozo de celda. Por lo que podía apreciar estábamos encerrados en algún tipo de calabozo en el que no había ningún orificio por el que se pudiera ver luz, esto adjunto a la basta humedad que alimentaba el cieno verdoso que cubría las resbalosas paredes me daba la funesta sensación de estar bajo tierra en un enjuto ataúd de piedra. Gritos desgarradores rompieron el silencio que me entumecía y mas allá de los barrotes flotaba sobre el suelo un hombre que permanecía colgado de pies y manos mientras le retiraban la piel a pedazos. Ensimismado y aterrorizado le pregunté a mi compañero ¿Porqué habrían de hacerle semejante atrocidad a ese ser humano?

–Por que es un espía y lo peor no es eso, ellos creen que nosotros también lo somos.

–¡Pero eso no es cierto! –Exclamé exaltado, bueno claro que debía estarlo porque yo no quería que me hicieran lo mismo que a ese pobre infeliz. Roque me advirtió que al estar al punto de una guerra civil lo menos que necesitaba el Shogún[1] era extranjeros merodeando el palacio.

–Estamos metidos en el medio de la puñeta en alguna parte de Kyoto Japón a finales del año mil cuatrocientos cincuenta después del Mesías, porque el muy cabrón del líder de la familia Ashikaga nos arrestó por supuesto espionaje y no es que te quiera asustar pero si no encontramos la forma de salir de aquí a salvo te juro que nos fríen las bolas o algo peor. –Entonces alzando ambas cejas y arrugando la frente suspiró aires de turbación mientras me explicaba que la familia estaba en grandes aprietos ya que sus supuestos aliados cabildeaban en su contra exponiendo a una inminente exterminación del gobierno establecido; claro también estábamos incluidos nosotros mientras estuviéramos en el calabozo del palacio. En estos instantes para ser más preciso esperábamos por nuestra sentencia y en este caso el espionaje se pagaba con la muerte, ósea, ¿Estamos esperando que nos ejecuten?

–¡Viejo, tenemos que escaparnos de aquí!

Me puse en pies y comencé a caminar de un lado a otro con los nervios de punta, estaba tan consternado y enfocado en salvar mis pellejos que había olvidado por completo mi maleta, ahora ésta estaba en el poder de ellos y sin ella me sería imposible completar mi cometido; debía recuperarla.

–Aunque te parezca contradictorio puede ser que no nos sirva en absoluto escapar porque correríamos el riesgo de que cualquiera de los Daimyô[2] o soldados nos mate en el camino.

[1] Shogún.= Titulo de dictadores militares que gobernaron Japón casi en secuencia desde 1192 al 1867.

[2] Daimyô = En japonés, grandes poseedores de tierra privada, señores feudales que dominaron

Japón del siglo 12 al 19, como jefes de la clase guerrera Samurai; eran controlados

en su mayoría por el Shogun.

–Mientras él se agarraba el poco pelo que le quedaba yo prefería correrme el riesgo antes de quedarme aquí a esperar una muerte segura, pero ¿Cómo escapar de esta caja de ratas? Ese era el enredo–.–¡Carajo, deja de dar tantas vueltas que me estás mareando! –Mientras él continuaba refunfuñando yo buscaba emplear el conocimiento que había adquirido para idear alguna forma de fugarnos y para cuando todos los cálculos que había hecho parecían ser en vano, algo sucedió...

Un grito mucho más fuerte que los del que torturaban frente a nosotros inundó los pasillos y la celda. El oficial que le quitaba la vida al prisionero desvío la atención de sus asuntos y su mirada fue atraída hacia la puerta principal del maldito complejo por el ruido de unos pesados pasos que inundaron con su eco los estrechos pasillos que conducían a donde estábamos; al llegar a la entrada aquel presuntuoso y acorazado guerrero le dio una imperiosa orden en su idioma al oficial que unos instantes atrás se deleitaba en despellejar a nuestro precursor.

–El Shogún demanda ver al prisionero.

Apresurado dejó lo que hacía y asintió, buscó las llaves, abrió las rejas del calabozo, me haló por el hombro y fuimos tras de aquel guerrero hasta el salón principal del palacio. Ya frente al dictador, aunque no comprendo como entendía su lenguaje y también podía hablarlo con fluidez, me dio la orden de decirle el contenido de la caja que traje, mientras se abanicaba con la mano izquierda y exhibía el sello de la familia, impreso en el fino papel de la pieza. El Shogún estaba molesto, bastante diría yo y claro érase de esperar que desconociera la causa; tanto era el coraje, que ordenó que me partiesen en dos si no les decía el contenido de la caja y como usarlo. Al instante dos soldados me sostuvieron de los brazos y cada uno jaló para su lado dejándome de brazos extendidos.

–¿Qué clase de arma es ésta? –Preguntó, y apretó con su otra mano el brazo de una pieza de madera bien esculpida que utilizaba para apoyar su antebrazo. Articulé mis pensamientos y abrí la boca dejando salir las palabras no mas adecuadas que a mi entender fueron en su idioma.

–No puedo revelar dicha información.

–¡Basta! –Golpeó con fuerza y partió en dos el descanso en que recostaba su brazo.

Se puso en pies encolerizado, cerró el abanico y lo encajó en su cinturón, caminó a su derecha y de un están que reposaba en la esquina de la elegante habitación tomó una espada y la desenfundó, cortó el aire con la hoja y la detuvo a varios centímetros de mi cuello. Con todas sus fuerzas golpeó mi abdomen con la vaqueta de la espada y dando varios pasos se alejó de mí; perdí el aliento y tratando de recuperarlo giré la cabeza a un lado, miré por una ventana abierta que daba al exterior queriendo aspirar todo ese aire que se paseaba allá afuera, pero algo, que no esperaba, llamó mi atención, Balduino, el perro de Roque estaba sentado en las afueras del jardín observándome a través de la ventana. Cuando divisó que noté su presencia asintió con su cabeza y yo devolví de igual forma la señal, entonces se incorporó, caminó sigiloso y se metió en uno de los complejos ubicado detrás del.

—Uno de mis oficiales murió tratando de abrir la caja; —Así que, demando saber su contenido y como funciona o tu pagarás con tu vida su muerte. —Sostuvo el Shogún dándome la espalda y en breves segundos se dio la vuelta, se detuvo frente a mí y puso la filosa punta de la espada bajo mi quijada y acercándose mas dejó sentir su aliento exasperado en mi rostro lijando con su pronunciación el aire. Ya los niveles de tolerancia habían sobrepasado por mucho el límite para este hombre, fue por ésto que antes que decidiera matarme aspiré hondo accediendo a contestar sus preguntas y en el segundo en que pronunciaría la primera palabra...

—¡Fuego! —Voceó un soldado que corría como loco golpeando un gong portátil, todos se apresuraron al llamado y el Shogún mirando hacia afuera le ordenó a los dos soldados que me sujetaban que saliesen a ayudar a extinguir el fuego, luego les encomendó a los otros oficiales que estaban con él que reconocieran el área en busca de algún intruso que hubiera propiciado el incendio. El complejo que ardía era precisamente en el que se guardaban las armas y tenía la fuerte impresión que ese diestro animal se las había ingeniado para comenzar el episodio.

—Tú, abre de inmediato la caja.—

Dijo el Shogún, fijando su apretada vista en mis ojos, quitó la espada de mi quijada, me jaló del brazo hasta llevarme frente a una pequeña mesa en la que reposaba la maleta y ñangotándome a la fuerza quedé frente al diminuto elemento que apenas llegaba hasta mis rodillas. Le miré y él desafiante a solo unos pasos de mí se mantuvo inerte apuntándome con su sable.

–¡Hazlo! –Coloqué mi mano izquierda sobre la tapa del maletín y sin pensarlo apunté con mi otra mano a aquel varón y la habitación se llenó de una luz resplandeciente que se desprendió de mi mano y flageló a aquel guerrero dejándolo tirado como un zapato viejo en el suelo.

–Te juro que no lo maté, solo utilicé la energía necesaria para dejarlo inconsciente por buen

rato. –Le dije al viejo; mientras golpeaba con energía la cerradura de la celda con la maleta.

Si, había usado el dispositivo de seguridad del maletín y en este caso había sido más efectivo porque el Shogún estaba descalzo al momento de conducir la descarga de energía que atravesó el metal de la espada y lo fulminó al encontrar tierra a través de su cuerpo dejándolo irreflexivo en el suelo. En mi caso yo tenía las botas puestas porque me trajeron a la prisa y no me dieron tiempo suficiente a que me las quitara, ya que en la tradición japonesa no se debe entrar con calzado a las alcobas por higiene y respeto.

–¿Acaso te volviste loco o te picó el culo? –¡Mas nos vale que nos larguemos que aquí o dentro de poco vamos a tener un ejército detrás de nosotros! –Dijo ya libre de los barrotes y frunciendo la nariz miró a su alrededor buscando descifrar aquel tiznoso aroma–.–¿Qué es ese olor a humo?

–Pregúntale a tu perro.– Y mirándome interrogado salimos apresurados, pero con mucha cautela de las facilidades del complejo sin problema alguno gracias a la distracción de aquel infernal incendio que no se extinguía y se continuaba esparciendo y consumiendo todo a su paso. Después de correr un largo rato por trechos y pertrechos nos detuvimos a recuperar el aliento al llegar a un vasto y fragante médano peludo de pastos claros y olor a ume maduro.

–Es mejor que nos separemos, así será más difícil que nos encuentren. –Concluyó, y exhausto dejó caer ambas manos sobre su cintura.

–Está bien. –Bajé la mirada y en un parpadear para cuando había alzado la vista la rechoncha figura de Roque estaba ya corriendo lejos de mí por un claro, no me dio tiempo ni para despedirme y como no parecía importarle mucho me limité a hacer lo que él hizo, correr, pero en dirección opuesta hasta que decidió caer el anochecer.

Algo no andaba bien, pues en lo que entrecruzaba por la orilla de un largo arroyo y me adentraba en la frondosa floresta, el esplendor de la luna comenzaba a ser atezado por unas lóbregas nubes que arropaban su entera desnudez. Los grillos cesaron de cantar, las aves emprendieron el vuelo sobre mi testa anunciando el acechar inminente de la muerte; por numerables mechones de clorofila comenzaron a fugarse las pocas estrellas visibles y anexo a ellas el resguardo de la senda a entrecortar. Ahora solo quedaba entre los troncos lejanos una majestuosa y anaranjada claridad que se hacía avecinar al allegarme a los linderos de la arboleda.

Refugiado detrás del torso del último arbolejo, di una ojeada colina abajo y entreví las aldeas sumergidas en brasas; en derredor de ellas la muchedumbre se esparcía como pájaros desahuciados en busca de refugio, pero en cambio solo hallaban su ruina. Que mejor opción tenía que dar marcha atrás e intentar preservar el pellejo encontrando alguna ruta alterna que me alejase de esa maraña infernal. La humareda se entremezcló con el aire nublando los alrededores y también el cielo, corrí, corrí a toda prisa perforando con mi cuerpo la densa brisa dejando que mi visión fuera entenebrecida y que las ansias de inhalar el sosiego me enclaustraran en esta humeante urna terrestre. Después de desplazarme, no sabiendo con que rapidez o distancia, salí del humo para encontrarme con otra cosa. ¿Qué es este nuevo espanto que me acecha? ¿Acaso también la tierra habría de gruñir para turbarme? ¿Porqué comenzaba a sentirse tembloroso el suelo, si ya no me movía? No era un terremoto, era algo peor. Ahora los gritos y un sin número de pasos como un torrente bravío que venían en creciendo, convertían el suelo en una terrorífica temblequera que se me avecinaba como una avalancha que aplastaba mis pensamientos dejándolos reducidos en pura histeria y a mí anonadado en un punto ombligal en el que ya no hay humareda y en el que la tranquilidad no duraría por mucho tiempo.

–¡Ahí está! –Gritó uno de los soldados del Shogún que ondeaba su espada al aire. Todos los demás como hormigas revueltas siguieron al primero y no me costó mas remedio que regresar por donde vine; saludé la fumarola tragando y aspirándolo todo dejando que ese sabor desagradable resecara otra vez mi boca e incinerara mi garganta. De cierto prefería saborear esta emanación cenizea antes de caer en las garras de todos ellos; con mi avanzar sus voceríos quedaron atrás y las pisadas se perdieron tras mi celaje, salté con ímpetu pasando ya los terminables maderos, rodé ladera abajo apretando aun más mi maleta y al reincorporarme después de engullir un bocado de tierra, algo estremeció mi horizonte antes de que pudiera trazar una vía de escape.

Caí al suelo en agonía.

Se me escapa la vida...

— Ejido Mental. © —

2
Yermo

Nadie soy y nada tengo.

Ahuecada mi vida es

y huero mi suspiro.

Solo añoro tu henchir,

sin ti deseo perecer.

Si el albor no he de ver,

que me trague el sepulcro

y termine mi vacuo ser.

Tu evoco no resisto

y al fin voy a la niebla...

—Ejido Mental.© —

3

Estoy contemplando el rojizo brebaje que se balancea al borde de un tazón que sostengo en mi mano mientras el amargo liquido reflejaba mi rostro distorsionado a través del translúcido cristal; todo se veía tan real e ilusorio al mismo tiempo que aunque sé que estoy aquí ahora con certeza no se dónde está mi mente en estos momentos. ¿Acaso huyó de mí sin avisarme? Muy cierto es que me desertó como un soldado despavorido que no encuentra refugio en propio puerto seguro. La desesperación me carcome, no resisto más este vacío que me arrebata el tiempo y me abandona en la ignominia mental. Entre tanto se consumía mi descorazonamiento; el sol le servía de ombligo al cielo y las nubes de mis ojos vertieron lágrimas que se precipitaron por mi rostro y cayeron sobre mi chaqueta.

–¡Joder! Mírate pareces una magdalena, lo único que haces es quejarte y lamentarte. –Dijo

Roque–.–Oye, lo que tienes no es tan grave… –Añadió con una mirada lastimera.

La mirada que le otorgué entrecortó sus palabras, movió su mano y se tapó la boca, luego colocó la mirada en la mesa laqueada que nos mantenía distantes; y después de un rato miró la mano con que movía la taza y aspiró.

–Si no lo vas a beber no juegues con él,– «me miró a los ojos intentando transferirme calma con su suave tono de voz,» y bien ¿Vas a decir algo o vas a quedarte callado todo el día?

Deje inmóvil la taza sobre el tablero y en lo que los pequeños trozos de hojas se asentaron y dejaron de moverse tuve tiempo en demasía y una epifanía para saber que de tantas cosas podría decirle.

–Me pica el culo. –No moví ni un músculo de la cara y permanecí serio tratando de contener la risa, el dejó salir aire de su boca, carraspeó e hizo vibrar los labios permitiendo el paso a una risa peculiar parecida al relinchar de un equino.

–Eres un anormal. –Y tratando de ocultar tras una sonrisa su preocupación, me dijo: –.–Mira tal vez eso sea uno de los síntomas. –Hizo un esfuerzo para no reírse además de tratar de controlar sus labios con el puño cerrado frente a su boca–.–Fuera de broma debes ir a un especialista.–

–Lo sé, pero lo que me aflige es todo ésto; nada me parece real, este lugar, el mundo, la gente, mis propios pensamientos e incluso tú, viejo amigo. –Reflexioné en decirle y aunque intenté no agobiarlo con mis problemas; de alguna forma entre nosotros nunca existieron los secretos.

–No me vengas con chorradas, ¡eh! A que te doy una hostia a ver si enyoyas, que no entiendo porqué te empeñas en no ver lo qué hay. –Refutó, con su típico acento castellano desgastado y neutralizado casi por largos años de destierro que lo mantuvieron alejado de su patria.

–Tú no entiendes... –Y dejando inconclusa la frase, cerré los ojos no queriendo oír lo que sabía que diría.

–Pensar que todo lo que te rodea o sucede no es real, no cambia nada; debes concentrarte en lo que puedes y debes hacer.

–Entonces dime que es lo que tengo que hacer, porque no tengo la mínima idea. –En esos instantes, Roque rehuyéndole al tema miró hacia el lado haciéndome señas con los ojos indicándome que la camarera venía hacia nosotros, al parecer ella notó que discutíamos y aguardó a varios pies de distancia del borde de la mesa.

–¿Ya están listos para ordenar?

–Aún no he decidido. –Contesté y miré hacia afuera por el vidrio de la ventana.

–¿Cual es la orden del día? –Preguntó Roque mientras yo le miraba con el rabo del ojo, y al parecer estaba bastante interesado, aunque creo que no era en el menú.

–Ensalada mediterránea con una orden de arroz, disculpe que le pregunte señor ¿Se siente bien? Se ve algo pálido.

–De maravilla; lo que pasa es que no he comido nada desde hace tiempo «estrujó los labios» pero si tú me lo facilitas me gustaría probarlo.

–¿El qué? –Preguntó ruborizada.

–El plato del día que suena muy bien; y además quiero un tarro de te gracias. –Concluyó, sin quitarle los ojos de encima, mientras la joven caminaba al mostrador para entregar la orden.

–Viejo se te van a caer los ojos.

–¡Qué no se me caen, joder! ¿Qué, ahora eres ciego o no le vistes el sendo culote que tenía esa tía? ¿No me digas que no se te paró el pito? –Volví a darle una repasada y encogiendo los hombros juré no haber visto nada extraordinario.

–Ahora sí me preocupas, ¿No te habrás muerto sin darte cuenta? –Remató tratando de alargar la plática queriendo cortar la conversación anterior.

–No le des mas vueltas al asunto, ¿Me vas a decir o no, qué tengo que hacer?

Miró la mesa, también a través del vidrio, le dio otra ojeada al trasero de la mesera, se rascó la cabeza y tomó varios segundos para articular sus pensamientos.

–Está bien, pero no se supone que esta información te la diga yo. Nunca pierdas de vista el maletín; encuentra su dueño y entrégaselo, pues, es de suma importancia que lo hagas.–

Bajé la vista y miré el maletín que reposaba a mi lado derecho interpuesto entre la pared que permitía la vista hacia el resplandeciente exterior a través de un enorme vidrio. Solo lo contemplé un instante y pensé que mientras estuviese a mi alcance estaría seguro, luego miré a Roque y le pregunté sin rodeos.

–¿Cómo voy a saber quién es el dueño?

Tomó un corto respiro y abrió la boca para contestarme, pero en el segundo antes de hablar un celaje casi irreconocible pasó apresurado por el exterior de la ventana.

–¿Ese era mi perro? – Ahí estaba la excusa perfecta para cambiar la temática y rehuir le a mi pregunta como era de esperarse, así que ni tonto ni perezoso inclinó la cabeza y se pegó al vidrio para ver mejor hacia afuera.

–Creo que sí. –Dije, aunque en realidad no estaba del todo seguro que lo fuera.–

–¿Qué habrá hecho el muy maricón? «achinó los ojos» Mejor me voy, espero que no se halla metido en líos. –Entonces sin pensarlo mas se agarró del borde de la mesa, resbaló en la banca en que estaba sentado y se puso de pies.

–No me contestaste.

–Cuando veas al dueño lo sabrás.

Salió apurado y lo seguí con la vista mientras cruzaba el dintel principal del local sin detenerse; pues la puerta estaba ya abierta desde el instante en que entramos puesto que el aire acondicionado estaba descompuesto. Al perderlo de vista coloqué la mirada de nuevo sobre la mesa y entonces otro celaje pasó, pero a diferencia del anterior éste se detuvo justo a mi lado. Era un joven como de unos veinte a veinticinco años que traía en una de sus manos un lápiz de carbón maltrecho, en la espalda tenía colgada una mochila color crema que también estaba en las mismas o peores condiciones que el lápiz y en la otra mano una libreta para dibujar. El joven permaneció encorvado un rato con ambas manos sobre las rodillas pretendiendo recuperar el aliento, volteó la cabeza hacia mí y me miró, se incorporó, caminó hasta la entrada y pasó al interior del local. Miró hacia arriba tratando de ubicarse pero sin detenerse continuó con su paso hasta donde estaba yo sentado.

–¿Disculpe usted, puedo hacerle compañía? –Alcé la vista y le examiné por vez segunda de arriba abajo, no solo se hallaban maltrechos los accesorios que traía el muchacho, de por si estaba en general bastante desaliñado; su rostro estaba sucio aunque la mayor parte era carbón del lápiz, igual que sus dedos que estaban negruzcos por tanto frotar la obscura sustancia sobre las páginas de su libreta–.–Y bien; ¿Puedo o no? –Reiteró al ver que guardaba silencio y concluyó mirando a la salida dispuesto a marcharse.

–Claro siéntate. –Abrió la cremallera de la mochila e introdujo sus cosas en ella, luego la soltó sobre el banco pegada a la pared como estaba la maleta que traía, dio media vuelta hacia mí y se sentó en el mismo lugar en el que estaba Roque.

—Mi nombre es Jed Sudha. —Sonrió amable y extendió su mano para saludarme esperando a cambio mi nombre.

Tenía pinta de ser un buen chico y aunque se proyectaba algo liberal y despreocupado a primera instancia, a su vez reflejaba una profunda sinceridad y solidarismo «como esa que tienen los mejores amigos que pueden durar toda una vida».

—Yo soy Aureus. —Le estreché la mano y él arrugó las cejas.

—Es latín.

—¿Cómo?

—Tu nombre es en latín y si no me equivoco la traducción del mismo es de oro o dorado —Sonrío.

—¿Estás seguro?

—Claro; mis amigos dicen que soy un diccionario ambulante para los nombres pero en realidad es que tengo muy buena memoria para la lectura y los nombres.

Permanecí pensativo al instante pues aunque sabía que mi memoria no estaba bien, no podía comprender como este joven a tan corta edad parecía tener tan vasto conocimiento en lo que le interesaba. No había considerado la posibilidad de obtener conocimiento a través de la lectura; quien sabe a lo mejor de esta forma pudiera comprender mejor lo que me sucede.

—Adelante pruébame, dime tu primer apellido, a ver si le atino.

–Deméter.

Le dije mi apellido aunque dudé de que supiera su significado ya que ni yo lo sabía. Estaba consciente de que el nombre propio era de suma importancia; y aunque muchos hasta llegaran a pensar que este les dictara el destino, en lo personal yo no creía en que ésto fuera cierto; solo le dije para ver si el chico era en realidad tan inteligente como presumía.

Levanté la quijada y permanecí a la expectativa; creo que se la puse difícil pues lo estuvo pensando serios minutos, viró los ojos al lado superior izquierdo como si se estuviera esforzando para recordar algo, luego de unos instantes miró hacia afuera, divagó un poco y se haló los pelos de la barba. A mi parecer tenía un aspecto muy similar a los demás hombres que había visto en los alrededores, todos llevaban barbas largas y la mayoría usaban unos atuendos graciosos que parecían batas, pero aunque él no usaba una de esas túnicas y se veía algo descuidado no parecía tanto un extranjero como yo; a lo mejor para ellos yo era el raro, no tenía ni un vello en la cara, salvo por las cejas y pestañas claro está y quizás por eso todos me miraban de una forma extraña cuando caminaba a este restaurante para encontrarme con el viejo.

–Mmm... ¡Qué tonto! –Se dio un golpetazo en la frente que sonó hueco–.–¿Cómo me pude pasar por alto uno tan fácil? «y tomando un poco de aire exhibió sus conocimientos soltándolo sin duda alguna» Es la deidad griega de la fertilidad, que raro; ¿Porqué tus padres habrían de querer ponerte el nombre de una diosa? La diosa de oro, que interesante.

Buena pregunta, pero a todas éstas, ¿Quiénes son mis padres? Porque, por más que lo intentaba, no podía recordar ningún evento pasado de mi vida, y en el lugar que se suponía estuviesen mis progenitores o recuerdos, solo lograba ver una odiosa mancha borrosa. La diosa de oro, había dicho el muchacho, palabras que estuvieron haciendo eco en mi cabeza un largo rato; intenté no darle importancia al significado porque a mi entender me era irrelevante en todos los sentidos, total si no hubiese sido ese nombre habría sido otro. Pensar en que no era significativo me tranquilizaba bastante y me permitía eludir el seguir mortificándome la vida en vez de continuar dándole casco a algo que no parecía tener sentido alguno y que cada vez que lo pensaba me desolaba.

–Disculpen, aquí está lo que ordenaron. –Dijo la mesera, y colocándose la mano que tenía libre en la cintura me dirigió la palabra al no ver a Roque–.–¿Y el señor que ordenó esto?

–Se fue.

–¡Pero no tarda en volver! –Afirmó el muchacho presuroso antes de que la joven se llevase los alimentos; ella me miró buscando mi aprobación y yo asentí, vio una vez más al muchacho supongo que por las fachas en las que estaba y dejó la comida sobre la mesa.

–El pan sin levadura es cortesía de la casa. –Explicó ella y señaló una pequeña canasta en la que habían apilados numerosos trozos rectangulares que para mi parecían galletas.

–Muy amable, señorita. –Dijo Jed; y la joven se retiró–.–¿El viejo va a regresar?

–No creo. –Contesté y noté inquietud en él, porque parecía que estaba loco por comerse lo que ella había traído–.–Si gustas puedes comerla, no es bueno que se desperdicie la comida.

Tomé la taza de té con la que jugaba antes y continúe mareándolo mientras que el muchacho comenzaba a comer deprisa; de milagro no se atragantó. Al parecer no había tenido una comida decente desde hace tiempo y comía tan rápido como podía antes de que alguien fuera a quitársela.

–¿Quién era el viejo que fue tras el perro?

–Su dueño y un viejo amigo.

–Oye perdona que te de lata, pero hace un rato estaba como a cinco cuadras dibujando una calle que me llamo la atención por su arquitectura y cuando casi terminaba de la nada apareció el perro de tu amigo y se sentó justo en el medio de mi retrato; sabes, creo que lo hizo a propósito.

Desvié la atención del tarro y lo miré en expectativa, pues logró llamarme la atención ya que deseaba saber que pudiera haber hecho el peludo compañero del viejo.

–El perro, sin duda alguna, completaba mi solitaria composición, así que decidí incorporarlo en la misma. –Y dejando salir su voz amortiguada por los alimentos semi-duros que ya había comenzado a masticar, se tomó hasta la ultima gota de su Té y mordiéndose el labio le dio una mirada lastimera al mío–.–Disculpa, ¿Lo vas a beber?

–No. Puedes tomarlo en confianza.

Agarró el tarro sin titubear y dio un sorbo del Té, se asió del pedazo de pan restante y lo devoró; luego pellizcó la ensalada con el cubierto y continuó comiendo y hablando al mismo tiempo.

–Como te iba diciendo; mientras lo dibujaba no se movió ni un milímetro, pero cuando estaba justo a la mitad de terminarlo, me miró, levantó el trasero y jaló a correr.

No era de extrañarse; pues según el viejo, Balduino tenía la rara tendencia de hacer ese tipo de cosas todo el tiempo y excepto por las funciones básicas de cagar, mear y lamerse las bolas, ese perro era el animal mas extraño que yo había visto. No empece a esto se diferenciaba por mucho del resto de los animales, éste en particular parecía saber con certeza todo lo que hacía y por eso no creo que haya sido algo inusual lo que le hizo al muchacho. Claro no le comenté nada y permanecí en silencio escuchando lo que decía.

–Aunque pude haber terminado de memoria el retrato no hubiera quedado igual. Es extraño, aunque no sé porqué, ese perro tenía algo diferente y creo que por eso fue que me llamó la atención.

Suspiró y le dio pausa a su quijada uno o dos segundos, luego se encogió de hombros y continuó masticando. Levemente asentí, pero continué en reserva de comentarios y aunque sobraría decirlo; Balduino en definitiva no era un perro común y corriente; pensándolo bien, la mayoría de las cosas son iguales o muy similares a sus dueños y en cierto modo el tenía mucho en común con Roque. Jed al fin terminó la comida, se echó hacia atrás, se desabrochó el cinturón y tomando una servilleta se la frotó en la boca y la aventó sobre el plato después de haberlo empujado hacia adelante.

–Estuvo buena la comida, pero no quiero más, ya me llené.

Miré el plato con disimulo y lo que faltó fue que lo lamiera. Si quedó alguna migaja debió ser microscópica, porque a simple vista solo se apreciaban en la superficie de la vajilla las múltiples ralladuras echas por los numerables cubiertos que habían sido empleados en ella.

–Llévame a algún sitio donde hayan libros.

–Claro, te debo una por el almuerzo; ¿Tú vas a pagar la cuenta verdad? –Dijo, achinando los ojos.

–Sí, espero que con ésto alcance.

Dejé que mis manos manosearan mi atuendo en busca de mi único capital y saqué del bolsillo izquierdo de la gabardina un billete que tenía impreso un número 20 y lo dejé sobre la mesa. El muchacho tomó la nota en sus manos y mirándola se echó una carcajada que no le duró mucho tiempo.

–¿Estás bromeando verdad? Porque si no, nos van a partir la cara.

–¿Porqué?

–¡Porque! En este papel dice Estados Unidos de Norte América y estamos en la Mecca[1]; además está fechado para el 2001. –Bajó la voz y le dio de tirones a su barba.

–¿Y qué tiene de malo?

–Estamos en el 1964, esta nota no se supone ni que exista. –Miró de reojo hacia la caja registradora y le restó importancia al echo que acababa de mencionar; entonces los jalones se intensificaron casi al extremo de hacerse una calva en la barbilla cuando vio que la mesera venía–.–No digas nada que por ahí viene la mesera. –Escondió el billete en uno de sus bolsillos y se sentó derecho cuando la joven ya estaba próxima a él.

–¿Disculpen todo esta bien? –Preguntó ella sospechando que no teníamos dinero.

–Claro; solo discutíamos la arquitectura de la Kaaba[2]. –Dijo Jed, asintiendo.

–Puedes traernos la cuenta cuando gustes. –Dije y Jed abrió los ojos y apretó los labios como si quisiera callarme la boca, al parecer no le gustó el comentario así que me limité a sonreírle.

–¿Puedo retirar ya los platos?

–¡Adelante! –Contesté, y quitando las manos de la mesa, ella comenzó a recoger la canasta, los cubiertos, los platos y las copas colocándolas sobre una pequeña bandeja roja que traía bajo el antebrazo izquierdo.

–Regreso enseguida con la cuenta.

Se fue contoneando las caderas y caminó hasta una barra donde estaba la registradora, soltó las cosas y comenzó a hacer los cálculos. «Cuando Jed cayó en sí» después que terminó de recorrer y divagar en las curvas de la mesera exclamó en voz baja.

–¡Qué te pasa! ¿Estás loco? ¡Acaso no sabes que el dueño de este restaurante se vuelve loco cuando no le pagan!

–No; ¿debería?

Comenzó a tragarse las palabras mientras se le sulfuraba la sangre por mi comentario y en lo que murmuraba, hubo un aparente silencio y digo aparente porque sobre sus murmullos se dejó escuchar una voz interior, aunque audible, que a pesar de que no concordaba con el movimiento de sus labios le entendí decir: ¡Cierra los ojos! ¿Cómo podría diferenciar entre unas palabras emuladas por mi cerebro y recibidas por mis oídos entre otras que se generaron en mi exterior debido a una vibración vocal y que entraron como Juan por su casa a retumbar en mis tambores ¿Acaso de ambas formas no las hubiese escuchado? ¿Ahora como sé sí lo escuché o lo imaginé? Creo que la solución más fácil era hacerme el loco y preguntarle porqué me había dicho eso.

[1]Mecca también Makkah (Antigua Macoraba) = Ciudad de Western Saudí Arabia localizada en Hejaz, provincia

cerca de Jiddah.

[2]Kaaba (Caaba) = Santuario central del Islam, estructura cuadrada sin ventanas de una habitación y solo una puerta.

Se cree que fue construida por Abraham e Ismael.

–Yo no he dicho nada. –Contestó y continuó refunfuñando en un tono más bajo; tan bajo que pasó a ser de segundo plano y que llegó a fundirse con el sonido ambiente, el que incluía el silbido resoplante del viento que lograba un sonido vago y seco al entrar rozando el dintel de la puerta principal. Esta vez seguí mirándolo a los ojos y escuché otra vez aquellas palabras que sobrepasaban en gran manera el volumen y realismo de los sonidos que habían de trasfondo.

–Cierra los Ojos...

Mientras miraba con detención al muchacho escuché por vez tercera la frase y confirmé que las palabras que percibía en mi mente no provenían de él y si de alguna otra fuente. Por ver de que se trataba obedecí, cerré los ojos y un instante después escuché con claridad la ruptura del cristal de la ventana que estaba a mi derecha pero aun así continúe sin abrir los ojos y sentí como una ráfaga de viento cruzó frente a mi rostro seguido a varios pedazos de cristal «algo tibios» que se vieron forzados a detenerse al adherirse a mi rostro. En el instante que escuché el impacto del objeto sólido que rompió el vidrio chocar contra el suelo, abrí los ojos, miré al suelo y vi una piedra como de tres a cuatro pulgadas nada fuera de lo común; giré el cuello y para cuando miré a Jed, él ya estaba terminando de vaciar un envase que contenía salsa de tomate sobre su mano y en menos de que se dieran cuenta comenzó a gritar frotándose la salsa sobre el rostro y el cuello. Se levantó del banco, dio varios pasos y se dejó caer al suelo un poco antes de donde reposaba la piedra y continuando con su número siguió chillando no antes de haberme guiñado un ojo «¡Ayúdenme, coño, que me muero!».

Con la gritería que había formado Jed, el cocinero que al parecer también era el dueño salió armado con un revólver a ver que sucedía; aunque parecía amenazante no le hice caso al dueño ya que había algo que me inquietaba más. Miré hacia afuera y casi al fondo de la calle pude ver sentado cerca de una pared a Balduino y tras él un hombre al que no reconocí porque su rostro estaba cubierto con una capucha color gris, complemento de una sotana que llevaba puesta.

—Tú extranjero, ayuda al muchacho que yo me encargo de los infieles que hicieron esto. —Dijo el cocinero, mientras verificaba el cilindro del arma y cargaba el martillo.

Salió al exterior con el arma en alto y para cuando volteé el rostro y miré por segunda vez al exterior ya Balduino y el encapuchado no estaban donde los había visto antes, solo quedaba afuera un letal cocinero, las sombras de los edificios y el viento soplando la arenosa calzada. El propietario interponiéndose a mi vista vociferaba en su idioma nativo cada vez que veía el vidrio hecho pedazos y con ganas de darle un tiro a alguien miraba a ambos lados del camino para ver que estúpido se asomaba.

—¡Qué esperas, haz algo y ayúdame! —Dijo Jed desde el suelo, recogí nuestras pertenencias y lo ayude a incorporarse; mientras que el seguía quejándose con mas fuerza y apretándose con firmeza el cuello. Intenté no reír, continué ayudándolo a caminar sosteniendo su brazo sobre mis hombros y al salir a las afueras del restaurante el cocinero que aún estaba parado en medio de la calle murmurando nos dirigió la palabra.

–Apresúrate y llévalo al hospital que está al final de la avenida. –Señaló rayando con su dedo el angosto horizonte no tan lejano, bajó el martillo del arma con el pulgar y luego de pillarla en el cinturón de su atuendo giró en dirección a la ventana y se puso las manos sobre la parte posterior de la cabeza y suspiró profundo antes de que comenzara a gritar como loco.

–¿Qué esperas, que nos den un tiro? –Susurró Jed. Aligeramos el paso y cuando estábamos cerca de la esquina inmediata, el cocinero parado ya frente al marco de la ventana comenzó a gritarnos cuando vio sobre la mesa el envase de salsa casi vacío.

–¡Alto ahí, hijos de puta! –Jed y Yo intercambiamos miradas y al instante observamos como el furioso cocinero destrabó la pistola del cinturón en un santiamén y alzándola al nivel del pecho nos apuntó.–

–¡Corre, que nos matan! –Exclamó Jed dejando de fingir.

Volví a poner otra vez la vista en el cocinero y fue cuando se produjo la primera detonación que fue acompañada de una chamuscada de arena que salpicó mis botas. El primer tiro estuvo cerca y no estaba dispuesto a esperar el segundo, pero para cuando miré a Jed tenía ya como cien pies corridos y me había dejado bastante atrás; así que lo imité y corrí tan rápido como pude.

–¡Corran cabrones, qué si los cojo los mato y me les cago encima!

¡Buhm!.. Retumbó en el aire el segundo disparo justo cuando doblaba en la esquina próxima a mi izquierda y varios de los fragmentos que se desprendieron de la pared de arcilla rociaron mi rostro y quedaron algunos incrustados en mi cabello. Entré al callejón apresurado y seguí corriendo tras el despavorido muchacho, mientras que todas aquellas groserías fueron disminuyendo y tornándose en vagos ecos al alejarnos; pero aunque cada vez se oían menos, continuaron persiguiéndonos, chocando contra los muros y rebotando tras nosotros hasta que fueron absorbidas por los numerosos poros que se adentraban vibrantes en las murallas circundantes. Ya fuera de peligro me detuve, dejé caer los brazos y sin soltar la maleta y la mochila de Jed, regresé la vista al frente buscándolo pero no lo vi a mi alrededor. Deambulé un rato perdido por los callejones y al cruzar la calle me detuve en el centro de una intersección que parecía ser la principal.

–¡Oye!, Me dejaste botáu. –Dijo Jed jadeando–.–Por poco nos hacen otro ombligo. –Colocó su mano derecha sobre mi hombro izquierdo y comenzó a reírse entrecortado, pues intentaba recuperar el aliento al mismo tiempo. Después de que cesó la risa, tocó la solapa de mi gabardina e introdujo su dedo por un agujero que al parecer fue echo por la bala que había rebotado en la pared–.–Oye viejo, eso estuvo cerca; sígueme, no es bueno que nos quedemos aquí. –Caminamos el resto de la tarde pasando el susto y sin decirnos nada. En el transcurso de la caminata a cierta hora del día, cuando el sol comenzaba a reclinarse en el cielo, mucha gente se echaba al suelo sobre unas mantas y tocaban tierra con su frente; aunque me pareció extraño no pregunté ya que en cierto modo me identificaba con ellos. Al parecer todos estaban coordinados y en la misma posición, alineados y apuntando a un mismo sitio como si se estuviesen comunicando con algo o alguien que no estaba de cuerpo presente; más o menos como lo que yo sentía, solo que no tenía que darme contra el piso para saberlo.–

Antes de que el fulgor del día desapareciera llegamos a una residencia digna de admirar comparada a las demás que la rodeaban. Ésta tenía enormes pilares que sostenían sus muros, una puerta majestuosa que le servía como entrada y ovalaba la muralla principal y sobre ésta numerables vitrales que le abrían paso a la sosegada luz que se esforzaba por penetrarlos.

–Llegamos, vamos a entrar por atrás. –Dijo Jed y continúo caminando adelante, rodeamos la vasta pared hasta llegar a la parte posterior de la vivienda y golpeando tres veces la puerta, *tooc tóc tock*, creó un sonido hueco y seco que resonó en el interior de lo que parecía ser un almacén anexo a la mansión. Pasaron varios minutos y una rejilla en el medio de la puerta se deslizó dejando al descubierto un par de ojos turbios.

–¡Ah, eres tú! Entra, que tienes bastante trabajo. –Suspiró aquella voz difusa que se coló por las rendijas de la madera rompiendo aquella barrera acústica. –El abrió la puerta permitiéndonos el paso y entrando Jed primero seguí yo después. Cuando estaba bajo el curvo marco de la puerta aquel hombre me detuvo del hombro y me miró despectivo.

–¿Quién es éste? –Le preguntó a Jed.

–Viene a ayudarme. –El hombre me miró de arriba abajo, apretó la hombrera de mi gabardina y se acercó un poco a mi oído.

–Si te robas algo, te cuelgo de las bolas en el pilar principal de la casa.

Me soltó y me dio un empujón; Jed continuó caminando dándome la espalda y riendo, como si hubieran hecho un chiste, giró el cuello y me miró haciendo señas de que lo siguiese. Entramos a una bodega bastante obscura y húmeda; y en un rincón de esta habían apiladas varias docenas de cajas, que estaban selladas con unos tirantes de soga que se entrelazaban en la parte superior. Sacó una navaja de su mochila, rompió dos de los tirantes y comenzó a sacar libros del interior de una de las cajas y luego los colocó sobre una mesa rústica que contenía en su superficie una lámpara de aceite.

–¡Si quieres me puedes ayudar! –Comentó, cuando estaba poniendo ya el segundo grupo de libros sobre la mesa.

Cuando le miré, los ojos quisieron salírseme de órbita; di varios pasos hacia atrás y perdí el equilibrio, tropecé con una silla que estaba a mis espaldas y caí redondo al suelo. Jed corrió a donde mí cuando flaqueé y al mismo tiempo que lo agarraba por la camisa apretaba el mango del maletín que traía. Era demasiada la dificultad que tenía para respirar el espeso y espumoso aire que apenas fluía por mis fosas nasales, intenté gesticular algo pero no reuní las fuerzas necesarias; y un canto vago que provenía de los sonidos circundantes entapujaron mis oídos y me aislaron del resto del mundo dejándole a el preocupado y asustado mientras me jamaqueaba.

–¡Oye, viejo! ¿Qué te pasa? –Logré entender lo que había dicho porque leí sus labios y para ser sincero de nada me sirvió pues para entonces era muy tarde para mí. Viré el rostro buscando la flama que encandecía en el cielo a través de una pequeña rendija rellena de vidrios de colores y ésta junto con mi luz se habían extinguido por tiempo indefinido según mi conciencia.

Algún tiempo debió pasar; y aunque no logré precisar cuanto en exactitud para cuando desperté estaba recostado en un sofá que complementaba una de las esquinas del inmenso salón que estaba repleto de anaqueles rellenos con libros. Me senté y vi a mi lado un maletín que me enfocó con el reflejo de la resplandeciente luz que proyectaban los numerosos vidrios multicolores que deslumbraron mis ojos y habían ya alumbrado la inmensa habitación. Cuando levanté la vista mas allá de los vidrios quedé impresionado por una pintura que estaba impregnada en una especie de domo que le servía de techo a este lugar «ésta estaba compuesta de un ser alado que vestía de blanco y le decía algo en el oído a otro que estaba sentado escribiendo».

–Impresionante, ¿Verdad? –Opinó un muchacho que contemplaba también la obra, mientras permanecía recostado de un dintel que separaba esta habitación de una bodega–.–Es un mosaico representando al ángel Gabriel cuando le dio al profeta Muhammad el Koran[1]; claro según la tradición musulmana. –Dijo, en lo que se limpiaba las manos con un paño arrugado color pastel; entonces con una percepción mas objetiva subí la vista y contemplé por vez segunda el mosaico.

–¿Qué vamos a hacer ahora? –Tuve la esperanza de que me diera una pista; no aparté la vista del domo porque en realidad no quería mirarle a los ojos, pues tenía miedo que de supiera que no le reconocía aunque al parecer él se había dado de cuenta y peor aun sus ojos demostraban tener bien en claro quien yo era, cosa que ni yo mismo conocía.

–Voy a dormir un rato, trabajé toda la noche y necesito descansar; si quieres puedes leer los libros que gustes. –Volví a mirarlo pero de reojo y lo vi guardando el paño en uno de los bolsillos laterales del pantalón; entrecruzó los brazos y se dio la vuelta para entrar en la sombría bodega pero antes de continuar caminando giró el cuello en mi dirección con una interrogante en el rostro–.–¿Seguro que estás bien? –Asentí cabizbajo sin decir nada, miré mis manos sobre puestas en mis muslos y continué evitándolo.

–Hablamos luego. –Y perdiéndose en las sombras quedé solo y pensativo. Creo que ese chico era mucho más inteligente de lo que aparentaba y aunque no quise que supiera de mi situación, pudo ver en mí más de lo que le pudiera haber dicho–.–Dejé los pensamientos atrás, caminé al estante de libros más próximo y tomé el primero de izquierda a derecha, una novela poemario bastante gruesa que estaba colocada hasta la parte superior de la primera tablilla. Miré el Título que decía: Migraña: «Los Poemas de un Loco» [2] Regresé al cárdeno sofá, salté la mayor parte de la introducción como en muchos otros que devoré, ésta había sido escrita en particular por un tal Hánuman del

Charco, quien alegaba que su obra era invisible a menos de que
se lograra mojar, pero sin prestarle mucha atención a lo antes
mencionado comencé a leer en voz alta el preciso fragmento
que apuntó mi dedo en la página en que lo abrí: *–Como 1na
brizna roída hasta la extinción a sí es la vida. Representación
efímera corporal de tiempo y energía que emitió un ente sin
entidad que malgastó su tiempo tratando de acapararlo todo,
+ que se fue al fin tan vacío como el abismo mismo en su
agonizante partida silenciosa. 1n triste designio el de este
necio que vino a ser = a 0; quien habrá de recordarle si para
efectos al igual que yo, nunca existió.*[2]

[1]Koran (Qur'an) = El libro sagrado del Islam. Para los musulmanes en el se
encuentran todas las palabras

y preceptos de Allah, el Dios absoluto de la fe Islámica.

[2] Obra inédita de este servidor...

El Sol ya había surcado el domo y la luz continuaba
infiltrándose por los vitrales desde el otro lado del edificio. Para
entonces había leído la mayoría de los libros que estaban en los
anaqueles aledaños a mí; ahora la ciencia, la religión, la política
y muchas culturas entre otras cosas se encontraban anidadas en
mi mente. Siento la llenura de las letras, la inteligencia es ahora
mi amiga y solo le solicito que me presente a su compañera
Sabiduría para poder ejercer todo lo bueno que me ha
enseñado. Ahora en mí está el conocimiento del bien y del
mal, y aunque no estoy lejos de errar solo espero tener la
determinación y voluntad para poder escoger entre lo bueno
y lo excelente; así nunca confiaría en mi mente para no ser
como la gente que creen estar en lo correcto solo por que lo

sienten. Después de todo el raciocinio es la cualidad que nos diferencia del resto de los demás seres vivientes, si dejara de pensar o actuar con entendimiento no sería más que una planta o un ave a quien lleva el viento como quiere. Quiero ser útil y cumplir con el propósito de existir en este tiempo, porque el futuro o el pasado solo existían en mi mente y era el presente lo único que quedaba en mí existente. Sí, estoy consciente de que tengo un fallo que me aterra y acecha constantemente y que adonde quiera que corra o intente huir, me hallaría y quedaría atrapado en un rincón oscuro sumido en las profundas aguas del olvido.

Creo a veces delirar y perder el control de toda mi remembranza, pero al parecer por lo aprendido la medicina de hoy día me clasificaría bajo algún tipo de amnesia sistemática que por alguna razón anónima a mí; me recurre una y otra vez para arrancarme los pellejos de la mente dejándome por completo en una posición neutral y desconcertante. ¿Y qué puedo hacer además de tratar de vivir con ésto?

–¿Y este desastre? –Preguntó, aquel joven cuando observó la explosión del alfabeto acomodado en pilas de libros que descansaban amontonadas sobre la falda del sofá y a mí alrededor–.–Esta vez vas a tener que ayudarme a reorganizarlos antes de que llegue Jafar, al ver que me quedé bruto, aclaró, ¡el administrador!

Aligeró el paso, agarró un grupo de libros y comenzó a sortearlos según su clasificación; cerré el libro que leía y recogí otros cinco, los amontoné y caminé a colocarlos en donde estaban pero antes de poner los respectivos en el primer anaquel volví a ver unos tres tomos que estaban recostados de uno de los costados. No fue por falta de tiempo que no los leí y mucho menos porque no me hubiesen llamado la atención, pero no quise perder el tiempo en leer unos libros que aunque, no sé cuando ya había leído; solo me bastó con ver la portada y el editorial para recordar que conocía de memoria hasta el último punto de esos volúmenes ilustrados que formaban parte de una enciclopedia de ajedrez. Para eso, de media hora después habíamos devuelto a su lugar todos los libros que había leído.

–Ayer me distes un susto del carajo, ¿Qué te sucedió?

–No sé, lo único que tengo claro es que no puedo recordar ningún evento pasado.

–Los números ocho, diecinueve y dos mil cincuenta y uno, ¿Significan algo para ti?

–No; ¿deberían? –Contesté dejando que la intriga se apoderara de mí al observar la interrogante en el rostro del joven.

–Desconozco, pero están grabados en árabe al rededor de la sortija que traes puesta. –Señaló tímido mi mano izquierda, la levanté hasta el nivel de mi pecho y contemplé por completo la inscripción girando la muñeca–.–A propósito, aunque ya nos habíamos presentado antes, mi nombre es Jed. –Sonrió, y salimos juntos de aquella biblioteca.

Después que Jed recibió su paga, salimos de aquella enorme casa y aquellos ojos desconfianzudos nos siguieron desde atrás de la rendija de la puerta, hasta que doblamos en la esquina.

–¿Porqué Jafar es tan hosco? –Pregunté, incómodo por aquella mirada y muchas otras cosas que me reservé; es mas, para ser franco, aquel hombre era tan áspero que lijaba el aire con sus palabras.

–No le juzgues así, sí, es algo paranoico pero en realidad es celoso con su trabajo. –Contestó el abordando una gran verdad, ¿Porque habría de poner en tela de juicio la vida de un hombre que no es más ni menos que yo?

Entonces por el comprendí que el conocimiento es una responsabilidad de suma importancia que debía ejercerse de la forma correcta, no para juzgar, murmurar, criticar, humillar y menos despreciar; en cambio que tenemos que utilizar para no hacer acepción, dar aliento, obrar de buena fe y resaltar la importancia de los demás. Esto nos dejaría en una posición en la que no existiría excusa alguna a la hora de actuar una vez obtenido el conocimiento de lo bueno y lo malo.

Toda la ciencia, filosofía y conocimiento que leí antes vino a redundar y a reagruparse en una sola palabra, amor; sí amor y del que se ama sin interés alguno, por que si se amara esperando algo a cambio no sería amor en cambio estaríamos hablando de interés. Al parecer se concedió mi primera petición, se me concedió la sabiduría y entonces tomé la primera decisión racional de este día; no juzgaré a nadie de ahora en adelante. Creo que es contraproducente saber hacer lo bueno y no hacerlo, de lo contrario sería un desperdicio que me haría falto y se me contaría como pecado al igual que a cualquier otro ser viviente pensante.

—Oye, toma tu parte. —Dijo Jed, y extendió su mano con varios billetes doblados a la mitad.

—Consérvalos, los vas a necesitar más que yo. —Sin pensarlo dos veces encogió los hombros y guardó el dinero en su mochila.

—Entonces déjame pagarte con un retrato.

Sacó de inmediato su libreta, tomó una pieza de carbón y comenzó a dibujar mientras permanecíamos parados en el medio de la calle. A mi parecer fue como si se hubiese detenido el tiempo para nosotros, porque aunque todo a nuestro alrededor estaba en inquietud el suelo y nuestros cuerpos dejaron de moverse. La brisa seguía su paso lento, pero conciso por las calles y ventanas, arrastrando los murmullos de los mercaderes y disipando con perfección los sonidos del ambiente aislándonos de la realidad y dejándome en un solo pensar; su arte.

Él era un excelente artista de firme pulso y sangre fría, así que no dudaba en lo mínimo que vendría para el un futuro de prestigio concerniente a su oficio. Sus movimientos eran minúsculos y en mí ni que se diga, pues estuve ahí quieto los veinte minutos que le tomó concluir el retrato que hecho sea de paso me hacía justicia. En ese lapso mis párpados flaquearon varias veces y mientras, esperé «*Listo*». Concluyo su trabajo, lo firmó, arrancó la hoja del cuaderno y pinchando el papel en la boca, reinsertó los materiales en el bulto; se acercó a mí, colocó su mano derecha sobre mi hombro y con la izquierda me entregó el retrato. Le agradecí su generosidad y halagué su talento, pues me vi a mi mismo plasmado en una simple hoja de papel como en un espejo; en cambio cuando le miré estaba serio e intrigado rebuscando con atención en la solapa de mi gabardina.

–¿Dónde está el agujero que hizo la bala?

–¿Qué agujero?

–No te ofendas hombre, pero aquí hay algo que no me huele bien y no es mí trasero, primero el billete del futuro, luego no recuerdas nada de tu pasado o de que por poco nos matan a tiro limpio y por último agujeros que se desaparecen sin dejar rastro. Y, y sin mencionar que casi lees una biblioteca en el rato que yo dormía, ¿Me estás ocultando algo? O es, que soy bruto, por que no logro entender lo que sucede.

–Puedo explicar lo de los libros, pero te va a parecer irónico; tengo memoria fotográfica y con solo ver una página mi cerebro capta su contenido como en la foto lectura, por lo menos eso aclara lo de la biblioteca ¿no?

–Ajá, ¿y el resto?

–No sé, en su momento lo sabremos.

Dio un alto llevándose la mano a la frente y suspiró, yo persistí en no hacer ningún gesto para no ponerlo mas incómodo pero por otra parte él tenía el derecho a saber con quien andaba por que muchas veces solemos caminar con el diablo o la muerte sin saberlo o porque no nos importa.

–Déjame ver si entiendo, dices que tienes memoria fotográfica pero no recuerdas nada de tu pasado a partir desde ayer.

–Asentí; aunque pude haber dado alguna excusa respecto a mi condición, pero no me justifiqué pues solo hubiera servido para propia satisfacción–.–Mira mejor olvidemos todo este asunto y continuemos la marcha antes de que nos caiga la tarde encima.

Eso si me aterró y no por que me fuera a caer la tarde arriba literalmente, pero la idea de que mi mas temido antagonista pudiera volverse a reproducir dejándome parado justo en el medio de la nada me amedrentaba mucho. Si; sé que la ignorancia en algunos casos es favorable, como la de los niños que pasa a convertirse en inocencia, pero en mi caso se había convertido en una maldición que me acechaba entre sombras y que no pararía hasta que hubiese logrado su encomienda. Y aunque me era lamentable, sabía que con ésto era que tenía que lidiar ya que fue lo único que siempre tuve presente desde que mi memoria ha estado ausente.

–¿A dónde vamos? –Pregunté.

–Hacia donde valla el viento. –Dijo él...

La estrella mayor ya se había caído rodando cuesta abajo por la escalera celeste y se sumió en el horizonte aunque aún su luz era evidente; los colores anaranjados, verdes y rojizos se difundieron en uno dejando una estela lejana que era absorbida por un color más oscuro. La luna estaba en menguante al igual que las fuerzas de nosotros como caminantes, el campo se abría cada vez más después de que la ciudad fue rebasada y ahora las rocas y los escasos animalejos silvestres eran nuestra única compañía en este solitario páramo de sonambulería.

–Oye; no quiero parecerte esquizofrénico pero nos han estado siguiendo desde que rebasamos los límites de la ciudad. –Comentó Jed, en un susurro, miré atrás y de hecho ahí estaba ese hombre solitario que seguía nuestros pasos a la distancia. Le pedí al muchacho que nos detuviéramos para ver que se traía entre manos aquella persona, pero protestó y dudó en detenerse ya que estaba temeroso de que fuera algún asaltante.

De todas formas nos detuvimos al margen de varios minutos y girando nuestros cuerpos quedamos frente al individuo, éste continuó a su paso hasta que se detuvo apenas a unos diecisiete pies de nosotros. El Caballero tenía cubierto el rostro con una capucha gris, del mismo color que la sotana que completaba su atuendo, sus manos estuvieron no por mucho tiempo entremetidas por las mangas y recostadas sobre su abdomen hasta que alzó una y removió la capucha mientras permanecía mirando el suelo.

–Vámonos de aquí ahora que podemos. –Dijo Jed, con voz temblorosa.

Debí escucharle pero no fue así, entonces aquel hombre comenzó a subir el rostro y en el instante en que enclavó su mirada en la mía emanó una luz roja de sus ojos que iluminó parcialmente su faz. Desde ese instante sentí como ese hombre demoníaco entró a mi mente y con un lazo Psíquico me poseyó uniendo nuestros pensamientos; experimenté también como se abría acceso en mí y fue así que logró obtener todo el conocimiento que había adquirido varias horas antes, en solo cuestión de segundos. El salió ganando esta vez, aunque yo también entré en su mente y hurté sus conocimientos. Sus ojos continuaron resplandecientes como si quisieran cegarme con su furia, pero a diferencia de lo que yo vi adentro en sus pensamientos el se asió de cosas útiles que nunca en su vida había oído o sentido, aunque se limitaran a meras experiencias narradas por otras personas. A cambio yo si obtuve conocimiento, conocí la raíz del problema que me aqueja y peor aun fui testigo en un pestañear de la atrocidad que había sucedido en un futuro probable.

Tuve acceso en la lectura a muchos testimonios de personas que afirmaban y juraban haber visto frente a sus ojos todos los sucesos aprendidos y vividos a la hora de morir, sin embargo dudé mucho de ésto hasta este entonces que los vi pasar con prontitud y con la única excepción de que fue en un momento de lucidez y conciencia teniendo presente y con completo entendimiento el saber quien era el que me acosaba y cual era su propósito con migo. A pesar de todas las cosas que comprendí, la mayoría de lo que entró en mi no fue bueno y pude sentir como dentro en mi interior la balanza de la razón se inclinó más a las sombras.

Miré a Jed, pero ya mis ojos no eran los mismos y él lo supo en el momento en que me devolvió la mirada, intentó escaparse corriendo pero de igual forma fue alcanzado por un rayo que salió de la maleta que traigo; sí, la misma que he cargado todo este tiempo y que alberga un arma de destrucción masiva capaz de destruir una ciudad entera en un radio de varios kilómetros. Al Jed ser alcanzado por el sistema de defensa exterior de la caja, fue zapateado al suelo por un enorme golpe eléctrico que lo dejó rendido e inconsciente por buen rato. El dispositivo se había activado gracias a la conexión maldita del extranjero grisáceo y se disparó al sentir el movimiento brusco del muchacho cuando comenzó a correr. Una parte de mí no quería noquear al muchacho pero la otra no me daba opción alguna para impedirlo; ahora tenía las riendas sueltas para terminar ésto y retornando la mirada a aquel ser no tuve ni que pensar en abrir la boca porque sus palabras habían viajado de sus pensamientos a los míos desde el instante en que la conexión psíquica fue echa.

–Le ordeno que regrese conmigo a donde pertenece mi señor.

Así sosegado como el viento pero firme como la estepa demandó con su pensar aquel hombre llamado Natan. Comencé a padecer de un fluir maléfico en mi interior y estas palabras acrecentaron en gran manera el odio recién descubierto a mi ser y aunque antes había hablado de que todo lo que había aprendido se resumía en una sola palabra, *Amor*, malogré experimentar en carne propia lo que era odiar y para el colmo en el justo momento en que comenzaba a apreciar todo lo que me rodeaba. Ya que no recordaba haber experimentado nunca el amor, aunque sabía que con el simple hecho de que existo es por que me habían amado primero, este resentimiento roñoso de supremacía me incitaba a hacer lo que no quería y opacaba cualquier pensamiento virtuoso en mí.

–Yo no recibo órdenes tuyas y menos del consejo.

–Ya deje de huir y venga conmigo a las buenas que usted no es de aquí.

–No huyo de nadie.

–Acéptelo, mientras usted esté aquí el futuro será vigente y existiremos paralelos en este presente aunque no seamos nosotros mismos. –Y transmitiéndome ésto, permaneció frío e inerte como cualquiera de las rocas que le rodeaban, mientras una mezcla extraña en mi interior se multiplicó logrando que la furia que tenía cada vez se hiciera mayor; los niveles de conciencia se redujeron con rapidez al igual que la poca luz que alumbraba el horizonte dejándonos por completo sin remedio en las tinieblas, lugar donde habíamos estado desde hace mucho...

–Tomé una decisión y voy a realizarla; ni tú ni el consejo me infunden temor y por mi causa van a morir todos ellos, incluso tú si te interpones. –Alardeé mas de la cuenta, pero ya no tenía remedio, si me retractaba la humanidad tendría que pagar por ello y en definitiva era ahora que poseía en manos la oportunidad de corregir los errores del pasado resignándome así por mi determinación a aceptar los resultados nefastos que esto me pudieran acarrear. Como si fuese la culpa del haber hablado más de la cuenta el firmamento al fin se obscureció por completo y un mareo diabólico comenzó a apoderarse de mí como si aquel hombre tuviera el control sobre mi persona.

Tengo que actuar de inmediato, de lo contrario nunca podré enmendar los eventos sucedidos en la vida que dejé atrás y pronto pasaría a estar bajo sus garras dejando todo como estaba, mal.

–¡Exijo me entregues la maleta, y a que no pongas resistencia alguna a tu arresto! –Gritó, dejando oculto sus pensamientos tras sus palabras y metiendo su mano en la sotana sacó un arma no tan potente como la mía. Sabía con certeza que tenía que entregar esta maleta pero no a él ni ahora, solo sé que el no es el dueño y que su destinatario aun no ha nacido. La única luz que iluminaba ahora nuestros contornos era la lunar y la rojiza que emitían sus ojos brujos, entonces sin previo aviso mis rodillas comenzaron a flaquear; tal vez por esa mirada nauseabunda o por la maldita condición esta que me relega a la nada, de todas formas intenté con desespero reunir las fuerzas restantes para concluir este episodio de mi vida del que penderían muchos otros.

–Cuando vuelvas con migo al futuro prometo ponerle fin a tu dolor,a eso que llamas *enfermedad,* allá tenemos la tecnología para hacerlo.

Respiré hondo, caí de rodillas al suelo y mientras el caminaba con cautela hacia mí, medité los segundos necesarios antes de perder las fuerzas y la conciencia por completo. No parecía una mala idea el ponerle fin al problema que me atosigaba, pero eso significaría que todo el esfuerzo hecho por cambiar los eventos futuros, que en mi caso eran pasados, habrían sido en vano. No obstante, tenía la opción de volver a ser normal y tener las fuerzas para comenzar de nuevo si accedía ir con él, pero, ¿Quien me garantizaría que no lavarían mi cerebro como lo hicieron antes con el mero propósito de conservar los sucesos futuros como presentes? Entonces decidí, opté por vivir.

–¿Quieres la maleta? ¡Atrápala! –Grité con voz menguante e incorporando la espina le aventé la caja con todas las energías que tenía. A solo varios pies de él, hubo un destello de luz que rajó el cielo y descosió las rocas adjuntas a nosotros; se hizo la luz aun mayor que la del más furioso día, tan segadora que solo destellos y un largo velo blanco mis ojos vieron. Cuando la caja tocó tierra el resplandor desapareció al instante como si algo lo hubiera absorbido todo, dejando de trasfondo un sombrío abismo que intentaba ahogar con persistencia una enorme esfera blancuzca que se resistía a morir sofocada. Ahora yacían sobre la arena no más que la misma, una caja y tres cuerpos similares en composición molecular y minerales que reposaban sobre la fría y tersa sabana. Dentro de mí una euforia alarmante y pasajera me inquietó en breve, era tanta la actividad interna en mi ser que sentí que estallaría pero no fue así. En aquel vació lóbrego comenzaron a aparecer puntos que entretejieron las alturas y fue entonces cuando vi con claridad que quien me observaba desde allá arriba con una cautela amenazante no era Dios, era otra cosa y su nombre era Cyrus...

Cerré los ojos por un instante y perdí la noción del tiempo, cosa que ya no me extrañaba; para cuando abrí los ojos aún estaba tendido sobre la arena y aunque la luz mañanera estaba bastante brillante no era segadora. Algunas nubes difundían la luz en partes iguales dejando una sobrecogedora tibiez sobre la piel, me senté y ahí estaba mirándome sentada sobre una toalla azulosa, tenía el cabello alborotado y estaba cerca de la orilla del mar bombardeándome con una calurosa sonrisa que fundían mis ojos. Un chiquillo entró corriendo de la nada, la abrazó, juntos me miraron con ternura y me llamaron con ademanes, caminé hacia ellos de brazos abiertos y cuando nos estrechamos pude sentir su corazón latiendo en mi pecho, me sentí vivo. Una sensación cálida y fría erizó mis bellos y aprecié el correr con libertad del amor por mi cuerpo, sin que lo buscara llego a mí, solo abrí los ojos y ahí lo sentí...

— Ejido Mental.© —

Tercera parte

Circunspección Calina.

— Ejido Mental.© —

1

Una ventisca húmeda y sosegada de olor a mariposas entró por una abertura en la pared a despertarme. Me senté en el lecho que yacía recostado hace un rato y permanecí ahí un instante mirando un lienzo saturado de múltiples colores en los que predominaban los sombríos. Un marco dorado de llamativo diseño contenía la pintura, algo abstracta y enclaustrada en la pared frente a mí. Según mi juicio era un callejón antiguo en el que con facilidad pudiera uno vagar por buen tiempo, pero no era ésto lo que la hacía llamativa ni tampoco los colores o la forma peculiar en la que apelaba a un sentido de profundidad ilusorio; lo que sí le hacía el resalte era un perro fantasma que estaba sentado en primer plano como a un tercio del lado izquierdo de la escena. Me parecía interesante la composición, pero ¿Porqué o para qué hubiera alguien de plasmar a un perro incompleto que se desvanecía de la mitad para abajo? Tal vez quería decir algo su autor ¿O solo pintó lo que vio o imaginó?

Las energías y la frustración me inundaron con mares de enormes ansias dejándome el deseo y las ganas imperiosas de virar patas arribas el mundo. Aunque no sé como cambiar su curso por mínimo que sea quiero hacer algo de provecho, el problema era que con estos deseos también había llegado adjunta la incertidumbre de no saber en donde estaba o de como había llegado aquí, y esa era solo la parte mala porque por otro lado tenía la oportunidad de nacer de nuevo, olvidar lo sucedido en mi pasado inexistente y comenzar desde cero. Era obvio que si permanecía aquí sentado como un imbécil no sería capaz de escribir mi futuro; al menos que quisiera que mi futuro presente fuera uno fútil, aburrido y accesible a ser extinguido por la perra inercia.

Dejé caer los pies al suelo «tenía las botas ya puestas» y adelante había una moneda tirada en el piso que quería ser descubierta. Di varios pasos y me detuve cuando el muerto metal redondo estuvo alineado con mi ombligo. Desde los aproximados seis pies y pico que la divisaba solo alcancé a distinguir una cara impresa en la parte superior, también habían unos números debajo de la cara pero se mezclaban entre uno y otro viéndose todos y ninguno al mismo tiempo. ¡Quería tocarla y sostenerla entre mis manos!, Pero tenía miedo al mismo tiempo porque algo paranormal me atraía a ella, creo que tal vez sea esa cara de hembra misteriosa que me sonreía como si me estuviese llamando. Aparté mis ojos de ella y caminé hacia la ventana para mirar como la luz radiante que caía del cielo se ensuciaba con el prado y terminaba reflejada en un tono tenue verdoso sobre mi rostro y mis manos. Quise obviar aquella solitaria caída en el suelo, pero mientras más lo intentaba más se me dificultaba el cuajar los pensamientos. Quisiera saltar al vacío por la ventana, rodar colina abajo y ensuciarme con la clorofila que tiznaban las hojas de las plantas pero la ansiedad mancaba mis actos, enturbiaba mis pensamientos y se atrevía a privarme de hacer lo correcto.

–¡Tócame, siénteme y ven a mí! –Exclamó la moneda con voz sutil y seductora.–

Giré el cuello con calma y seguido el tronco del cuerpo, le eché otro vistazo y la muy abandonada no hizo ni un gesto. Claro, érase de esperar, ¿Cómo podía atreverme a pensar que ese objeto inerte e inanimado pudo haberme hablado? Continué escrutándola con cautela, con detenimiento y a excepción de los lejanos chirridos de los grillos un silencio sepulcral se encargaba de hacer estruendo en mis oídos.

–Ven a mí... –Añadió de repente, la moneda.

Aunque no se movió ni un centímetro o gesticuló movimiento alguno yo sabía que el llamado provenía de ella aunque me pudiese parecer ridículo. La rodeé y me alineé como lo hice antes, mi cara quedó frente a la de ella y la distancia entre nosotros comenzó a acortarse mientras me inclinaba; cuando estuve ya en cuclillas extendí la mano y la toqué.

–Aaaahhhrrrrrrr! –Pegó un grito horripilante la moneda, que casi me mata del susto, su faz denotó odio y su semblante se tornó satánico, de la reacción me tiré hacia atrás y saqué la cama de sitio haciéndola chocar contra una esquina de la habitación.

En un pestañear la moneda regresó a su estado original y el ruido que emitía como el gruñido de un perro cesó dejando solo en el aire el sonido ambiente. Permanecí ahí sentado aterrorizado y confuso, esperando oír o ver algo más; pasaron desapercibidos alrededor de unos quince minutos y al no suceder nada decidí tomar la moneda a pesar de lo antes sucedido. Ahora inerte y risueña me parecía inofensiva; ¿Qué podía pasar? Gateé hasta ella con suspiro en boca, susto en la panza y sin pensarlo mucho la aplasté como a una alimaña con la palma de la mano queriendo quitarle la vida que no tenía, por si acaso, ¡Qué idiota soy!

–«*Asesinar*»–fue la última palabra que escuché, pues cuando mi mano hizo contacto con la moneda vi, oí y sentí varias cosas que vinieron a mí en ningún orden en especifico, ejemplo de éstas fueron: Balduino, futuro, Jed, Roque, 2051, odio, viaje, Aureus y antes de la palabra asesinar recuerdo con claridad haber visto la imagen de una apuesta mujer trigueña de cabellos turbios.

Ya comprendo, esta mujer es mi objetivo y he viajado del futuro para matarle. No sé por qué, pero comencé a creer que desde el momento en que lo supe, un sentimiento profundo de ira hacia esta persona me corrompió de forma inimaginable. Ahora tenía presente en primer lugar, que si me había tomado la molestia de llegar hasta aquí sabe Dios que me pudo haber sucedido antes para que emprendiera este intrincado e inconcluso viaje y no importando lo que tuviese que hacer debía encontrarla y terminar con ésto de una vez por todas. Cuando levanté la mano de la moneda, ya que estaba tan cerca para verla con detalle, fue que pude entender con claridad el año que tenía impreso.

–Dos mil treinta y uno.

La contemplé unos segundos más con vista somera y la tomé; para ser solo una moneda, su peso era mas del normal, pero no importando esto la metí en el bolsillo derecho de mi pantalón mientras me paraba del suelo. Entró una brisa bruta por la ventana que recorrió la habitación y parte del pasillo que estaba en el exterior de este cuarto y al arremolinarse el viento sobre las paredes del pasillo regresó parte de la disminuida ventisca acompañada de numerosos murmullos indistintos según su tono y diferente contenido que me parecieron una llovizna de nostalgia que salpicaron mis oídos. Cuando salí al pasillo lo primero que vi fue otra moneda al pie del marco de la puerta y tras ella habían refugiadas incontables cantidades de las mismas que estaban esparcidas por todas partes e incluso hasta en las barandas que llevaban a la escalera que descendía al primer nivel. Caminé sobre ellas ignorando sus ruegos, llegué hasta el borde de la circular escalera y me detuve frente al primer peldaño confrontando la indecisión si debía pisarlo, porque éste y el resto sostenían sobre su regazo a muchas de las infinitas monedas que subyugaban con su demasía a las pobres tablas que sin remedio, alguno permanecían inertes hasta que llegaba el frío quejumbroso y rechinante de la noche.

Bajé cada uno de los escalones mirando al techo y con los puños cerrados, pues prefería huir de la tentación no importando si llegase a tropezar y caer rodando por la escalera; ya que escogía esto antes que doblegarme a palpar esas insistentes monedas y contaminarme mucho más de lo que estaba. Las rebasé a todas con éxito y llegué a la primera planta, entonces miré hacia el fondo del pasillo y vi una puerta entreabierta que dejaba escapar una luz amarillenta por las rendijas.

–Hola, ¿Hay alguien ahí?

–¡Noup!; el viejo salió hace rato. –Afirmó Roque, mientras jugaba en el tablero holográfico de ajedrez con el que casi siempre cargaba.

Le miré interrogado pues por la refrescada que me había dado la moneda, al ver las pinturas que estaban colgadas en las paredes creí estar por un momento en la casa de aquel muchacho, Jed, el que conocí en la Mecca.

–Y lo estás, solo que en su futuro. –Dijo, y entonces apartó la vista para colocarla sobre el inconcluso juego en el que estaba entablado, dejándome perturbado ya que la idea de que el pudiera leer mi mente «si fue eso lo que hizo» no me agradaba del todo.

–¿Cómo supiste lo que estaba pensando?

–No estoy de humor como para tener una conversación trascendental en estos momentos, pero si puedo asegurarte si te sientas y echamos una partida, te pongo al día que estamos metidos en un gran lío de mierda.

–¿Porqué? –Y ordenándole al tablero que guardara el juego existente y comenzara uno nuevo me senté.

–El viejo tomó una muestra de tu sangre en un Clip[1] y la envío a laboratorio.

–¿Y qué tiene de malo? –Pregunté aun perdido.

[1]Clip= Unidad cilíndrica bio-medica «ficticia» de ½" aprox, para recolectar muestras de sangre.

–¡Qué nos vamos a joder cuando vean lo que hay en tu sangre!

Callé y permanecí indeciso en preguntarle que había en mi sangre, porque cada vez que le preguntaba algo crucial o personal lo evadía y me salía con cualquier otra cosa con tal de no contestarme. Sé que no es bueno darle todo a una persona porque esto la convertiría en un inútil; tal vez por eso no quería darme la información para que yo tuviese que hacer mis propias indagaciones, ¿O quizás pretendía fastidiarme? Eso si; ya que él tenía mas información que yo sobre el asunto, le seguí el juego para ver cuanto podía sacarle, ya que el único hecho de saber que había algo desconocido dentro de mi me aterraba con una velocidad inimaginable.

–¿Qué podemos hacer entonces?

–¿Podemos? Eso me huele a manada; yo no se tú, pero yo me largo pal' carajo lo antes posible y para serte sincero tío, te recomiendo hagas lo mismo.

Bajé la vista pensativo hacia el tablero de ajedrez y divagué un rato entre las ansiosas fichas que esperaban con afán el comando que les permitiría librar la batalla, mientras meditaba en lo que debía hacer; huir, ¿Pero a dónde?

–Peón de e2 a e4. –Dije y el tablero movió la ficha pertinente comenzando la partida; seguido de la jugada de Roque continúe yo con lo que sería una defensa francesa y aunque continuaba guardando silencio y estaba concentrado en el juego, no dejaba de pensar y darle vueltas al asunto. ¿De quién Roque quería escapar? y ¿A quien le tenía tanto miedo? Apenas a unas dieciocho jugadas de haber comenzado este juego, que estaría inconcluso por tiempo indefinido, Roque me dirigió la palabra.

–Déjame ver como te explico el embrollo en el que estamos. –Aspiró hondo y lo soltó todo.

No pestañeé hasta que concluyó y abriendo bien los oídos traté de asimilar y comprender con la poca información que disponía, todo acerca de ese cuento chino que me contó. Según él, una vez llegara la muestra de mi sangre a una estación espacial que permanecía en órbita geoestacionaria[1] con la Tierra, todo se vendría abajo dado que la doctora que haría los análisis «la hija de Jed» trabajaba para una organización de genética que supuestamente utilizaba esa fachada para ejecutar otros tipos de experimentos de los que no quiso abundar; solo sería cuestión de tiempo para que la muestra cayera en sus manos, «ya que era ella la que encabezaba el departamento de genética y sabe quien que más» viera que lo que llevo adentro es de su propiedad y se vieraimpulsada a enviar una escolta digamos no humana destinada a arrestarme. Si esto sucedía habría perdido mi tiempo y también el de ella, pues para mi sorpresa la hija de Jed fue la que nos envío a mí y a Roque desde el futuro para corregir todo ese desastre que según Roque ocurrió y que se volvería a reproducir de no hacer lo correcto.

[1]Órbita Geoestacionaria= Órbita sincrónica a 35 900 Km. por encima del ecuador terrestre. Los objetos a

esa distancia orbitan a través de la tierra en un lapso de veinticuatro horas,

moviéndose a la misma velocidad de la rotación terrestre, dando así la ilusión

de estar fijos en un punto en específico.

Roque paró las orejas y también de hablar, pues en el exterior de la casa comenzó a escucharse un sonido intermitente como un silbido a presión que provenía de las turbinas de aire de una especie de transporte que parecía una avispa con las alas extendida a los lados.

–Llegó el viejo. –Comentó Roque, mientras mirábamos cruzar el vehículo sobre la casa a través del tragaluz que estaba sobre nosotros en el techo de la cocina–.–Me voy. Sabes, debiste haber matado al muchacho cuando tuviste la oportunidad en el desierto.

Entonces ordenándole al tablero que guardara el actual juego se puso en pies, tomó el tablero y a pasos de viejo chocho apresurado cruzó el pasillo hasta la sala; en ese instante la puerta principal se abrió y entro Jed. Me distraje un segundo cuando Jed abrió la puerta y para cuando regresé la vista otra vez a la sala no había ningún rastro de Roque; revisé de nuevo con la vista el lugar y nada; a menos que se hubiera convertido en sofá me dio la impresión de que el viejo era mago porque se desapareció frente a mi y ni lo noté. Cuando Jed cerró la puerta y se giró para caminar a la sala, me pasó la vista por encima desapercibido y se detuvo congelado unos segundos; giró el cuello tan lento que me pareció lo hacía en cámara lenta y mirándome sorprendido balbuceó.

– Eh, eh ¿Estás bien? Es obvio que estás bien, quiero decir ¿Cómo te sientes? ¿Pudiste descansar algo?

–Si gracias, estoy mejor. –Era increíble como podía cambiar en lo físico una persona y por dentro seguir siendo la misma. Lo analicé con detenimiento y a mi juzgar estaba igual de chaparro, ya había perdido la mayor parte del cabello, la extraña barba que tenía ya no estaba «ni aun el bigote» y aunque no estaba tan relleno como Roque se conservaba muy bien para ser un hombre maduro entrado en sus ochenta. –

–Perdona que haya reaccionado así, pero no esperaba encontrarte ahí sentado y menos con tu condición, mírate no has cambiado nada; sin mencionar que te pareces tanto al esposo de mi hija que aunque sé que tu existías mucho antes de que él naciera, no sé ni que pensar. ¿Puedo hacerte compañía? –Y señalando la silla en la que estaba sentado Roque sonrió–.–Es curioso, es más o menos la misma pregunta que te hice cuando nos conocimos.

–Adelante, y toma asiento, es tu casa sabes.

Ya que el era una persona de mente abierta intenté explicarle mi situación, pero por más objetivo que fuera dudo mucho que pudiera asimilar lo que me estaba sucediendo; así que me abstuve solo a charlar.

–Debe haber una explicación lógica para todo esto... –Opinó e hizo un ademán con la mano derecha dejando al descubierto una cicatriz a vuelta redonda en la muñeca, una poco ordinaria pues no parecía haber sido echa por hilo y aguja.

–Disculpa que te pregunte, ¿Qué te sucedió en la mano?

–Es una larga historia y prefiero no hablar de ello ahora; tal vez te cuente en otra ocasión.

Tocó con su otra mano la cicatriz, divagó en la nostalgia unos segundos y mirando hacia arriba a través del tragaluz suspiró dejando escurrir una que otra lágrima, pero fingiendo que tenía calor se paró de la mesa y se quitó el abrigo, caminó hasta la puerta que estaba al lado de la principal y la abrió. Por un instante pensé que adentro encontraría a Roque, pero en el interior del armario solo había una gabardina larga color negra y una maleta plateada que estaba recostada de una esquina del armario; colgó su abrigo, cerró la puerta y con disimulo se secó las lágrimas con la manga de su camisa antes de regresar a la mesa.

—Perdona que me haya tomado la molestia de enviar una muestra de tu sangre y un pedazo de tu gabardina al laboratorio, pero era lo menos que podía hacer para ayudarte a encontrarle una solución a tu enfermedad.

Como ya su voz no sonaba tan temblorosa caminó a la mesa y se sentó, le agradecí sus gestiones, aunque fue mentira, porque en realidad había complicado más el asunto. Como me apremiaba abandonar la casa lo antes posible traté de cortar la charla y él intentando prolongar un poco más mi estadía me invitó un café, lo rechacé dándole la excusa de que tenía algo importante que hacer y debía salir al instante.

—No puedo explicarte porqué, pero tengo que irme ahora.

—Los resultados llegan mañana; si quieres puedes esperar un día más antes de irte.

Dudaba mucho de que estuviese tramando mi captura, solo percibía en él una gran falta de compañía y únicamente parecía intentar con una sutil súplica retenerme un poco más de tiempo, más por él que por mí.

–Lo siento; gracias por todo. –Caminé a la puerta y abriéndola me dispuse a salir sin mirar atrás pero él me siguió y me detuvo por última vez.

–¡Oye! Olvidas tu maleta y la gabardina. –Abrió el armario y me las entregó; después de haberme puesto la gabardina tomé con la mano izquierda la maleta, le miré fijo a los ojos y sin decir palabra alguna entendió que esa sería la última vez que nos veríamos–.–Adiós.

Y concluyendo con esas palabras extendió la mano «la de la cicatriz» y la estreché, entonces en ese instante una chispa de corriente entrelazó nuestras manos por un segundo y las repeló en el otro. El viejo tambaleó dando indicios de un posible repentino desmayo que pasó a convertirse solo en un mareo pasajero. –«Brurrb» –Hizo una especie de trompetilla al sacudir la cabeza de un lado a otro y me miró asustado y confuso, pues en ese pequeño contacto pude ver los sesenta años que me había perdido de su vida incluyendo este preciso momento; también supe que no le había dicho ni una palabra a su hija de que yo era idéntico a su esposo y si mis sospechas eran ciertas creo que lo había hecho para protegerme. En cambio, aunque no quise él se enteró de que Roque había estado en la casa y de todo lo que habíamos hablado, lo que encontré en la moneda; el vasto conocimiento del juego de ajedrez que estaba ahí entretejido en mi cerebro y tal vez lo más impactante para él fue el hecho de que debía matar a su hija.

Se quedó ahí parado, pasmado y sosteniendo la perilla de la puerta hasta que me desvanecí en el horizonte. Como sabía que debía partir no intentó retenerme, yo continúe la marcha por el irregular camino acompañado de una escolta de árboles frondosos que permanecían estáticos en un sereno paisaje; éste se entremezclaba con la vida silvestre que pasaba casi inadvertida a mi alrededor, como si se escondiesen de mí, tal vez porque esos furtivos ojos, poros y tallos sabían qué o quién estaban en mi interior. Ésto me hizo recapacitar en que si esos insignificantes seres que no cejaban en observarme podían hacerse pasar desapercibidos, cuanto más pudiera un ser inteligente y racional que con alguna intención maléfica quisiera atraparme; entonces sin demorar la marcha decidí abandonar el camino principal y seguir la ruta virgen que recorría la fauna de aquella flora.

¿Cómo he de llegar hasta la estación espacial y aniquilar a mi objetivo? Buena pregunta, pero creo que no sería necesario ir hasta allá porque un extraño presentimiento me hacía creer en que sería tanta la curiosidad que ella vendría a mí y entonces sería el momento preciso en el que haría lo que tengo que hacer sin dejar que me atrapen, porque de primera instancia tendría yo las de perder ya que aunque estuviese frente a ella lo más probable es que estaría bajo su poder. Por eso debía huir, mantenerme en movimiento y no permitir bajo ninguna circunstancia que se apoderaran de mí, de lo contrario todo por lo que había luchado se echaría a perder.

Bajé una ladera a mi derecha y continúe caminando hasta llegar a un pequeño y turbio arroyo, continúe por la orilla siguiendo la corriente y me dio la impresión de que las alocadas aguas se desplazaban sin rumbo juntas y revueltas, pero por lo visto el que estaba extraviado era yo. Cuando observé me di de cuenta que ese cauce había sido recorrido desde hace mucho tiempo por aguas nuevas en cada instante y que a pesar de que ninguna de las gotas se conocían, viajaban todas de la mano sin quejarse; si encontraban oposición alguna colaboran entre si para apartar su impedimento y aunque no supiesen su destino coexistían yendo felices lecho abajo. ¿Será por que; como yo no era del todo agua me resultaba imposible hacer ésto? Lo dudo; porque aunque yo fuese una simple y racional gota me sería casi imposible el contenerme, pues el mero echo de pensar me tentaría a ir en contra de la corriente aunque en este caso ella estuviera bien y yo no. Entonces conocí que era una parte anexa a esta humanidad, para ser más específico, de esa que se complica la vida en ser sabio en propio pensamiento, de esos de sillón y de follón. Por eso aunque quisiera dar ese paso adelante este comportamiento conchú me lo impediría, porque este pensar me retrasaba años luz y me biodegradaba a una forma más denigrante; un simple ser falto de entendimiento, algo así como el reflejo de mi imagen que se proyectaba contoneándose alborotada en la superficie del agua esperando comentario alguno para alardear de su conocimiento.

–¡Vamos, mueve ese culo, que reduciendo el paso para pensar no vas a llegar lejos! –Dijo, Roque parándose a mi lado y creando otra imagen torcida en el agua.

Brinqué del susto al oír su voz ya que pensé que estaba solo y aceleré el paso un poco para que se callara la boca aunque tuviera razón. Tenía que concentrarme en mantener la mente clara y buscar la forma de salír de aquí o encontrar un sitio en donde refugiarme; mientras, Roque venía detrás de mí intentando seguirme el paso aunque al parecer sus años se lo dificultaban.

–¡Oye! Vas a tener que seguir de aquí en adelante por tu cuenta, por que no pienso seguir corriendo detrás de ti como un pendejo; bastante tengo ya con pasar desapercibido del consejo.

Las sospechas me detuvieron en seco y me hicieron eliminarlo de la lista pues si él también estaba huyendo no sería una amenaza para mí, con la excepción de que lo atraparan primero y me delatara; aunque creo que no lo haría ya que hasta ahora, aunque estaba libre, no lo había hecho. Por otra parte ya tenía suficiente con lo de esconderme, como para tener que cargar con un viejo chocho; así que por conveniencia propia prefiero ir solo.

–¿Adónde vas a ir? –Pregunté, antes de reanudar la marcha mientras lo miraba de reojo.

–Eso no te incumbe, pero te aconsejo que sigas derecho y subas al pico de aquella montaña.

Miré al lejano y verdoso horizonte; y si no me equivocaba la montaña a la que se refería era la más alta del terreno, la misma que rasgaba las nubes y estaba como a unas diecisiete millas de donde estoy ahora parado.

–¿Qué hay allá?

–Una de las últimas antenas análogas de Tele Visión, ¡Te servirá de refugio momentáneo para esconder la señal de lo que traes dentro! ¡No dudes en que la utilizarán para rastrearte cuando la descubran! –

Entonces cuando dio la vuelta y comenzó a regresar por donde veníamos se tropezó con algo que había en el suelo, como un pedazo de madera podrida que olía a comején y rodó colina abajo gritando; –Ahyy cooño! – entonces cayendo entre unos matorrales de esos que pican; corrí preocupado por él hasta donde había caído y aparté los matojos con mis manos.

Sin saber porqué le hice la típica y estúpida pregunta que le hacen a uno cuando le sucede algo. –¿Estás bien? –Por lo menos no me sentí tan tonto porque salvo a la maleza y una extraña araña de ojos saltones que me observaba tan confundida como yo, no había nada mas ahí. Otra vez lo había hecho, no entendía como el desgraciado lo lograba pero siempre se las arreglaba para escapárseme en el momento más oportuno.

Después de atravesar varias colinas, pantanos y la densa espesura de las montañas llegué hasta la ladera del impetuoso monte. Aprecié sus vastas anchuras y alturas unos segundos, comencé a adentrarme en su follaje y desgreñando sus verdes cabellos avancé hasta llegar a su cúspide. A mis lados, espalda y frente comenzaron a compenetrarse las sombras que llegaban anunciando la noche, adjunta a una apacible y friolenta neblina. No fue fácil el llegar hasta allí, incluso invertí casi todo el resto del día en lograrlo; pero al fin podría disfrutar de una noche sosegada bajo la cobertura de las suaves hondas análogas que cubrirían mi alma.

La fatiga era evidente, ya la noche había caído sobre mí y con las fuerzas que me restaban reuní varias ramas de los arbustos dealrededor para utilizarlas de camuflaje. Rellené con mi cuerpo la hendidura de una peña ubicada bajo el metálico obelisco olvidado, me cubrí con las ramas y halé la gabardina sobre mi cabeza para cobijarme. La temperatura bajó lo suficiente como para dejarme solo acá arriba y aunque el frío me hacía pensar con mas lucidez, las ondas de la antena me hacían sentir algo alocado sin mencionar que la inercia me hizo percibir en realidad cuan agotado estaba; entonces en ese estado de bobees vi unas diminutas gotas de agua que comenzaron a llegar de no sé dónde y se posaron sobre mi abrigo y nariz.

–Hola, mi nombre es Rocío. Sabes que aquella rasgada, señaló la luna, la que te mira de reojo me dijo que eres un tonto inconsistente; porque eres un hombre que ahora querías ser roca y que cuando no fingías ser poeta deseabas ser otra cosa. –Dijo, la femenina gota, con un tono de voz chillón, gargaril y burlón, mientras se escurría por mi puente nasal.

–Soy lo que me salga, y yo soy lo que sea mientras no sea yo mismo.

Con pesadez para respirar, la soplé fuera de mi vista y casi anestesiado por una profunda impotencia, saqué del bolsillo la moneda que traje conmigo y la sostuve en la mano para contemplarla y una pequeña e insignificante chispa saltó de mis dedos a la moneda; luego descansó acurrucada en la palma de mi mano y casi pasó al olvido. Aunque la densa neblina ahora cubría mi entorno y escondía tras sí la noche, sé que ahí estaba mi maldición esperando ser observada; y aunque ahora era ésta para mi un poco más tolerable porque le había desarrollado algo de resistencia a esta condenada fobia; no me era inevitable porque mi aguante no era lo suficiente. Ya me era difícil pensar, incluso el pestañear; me costaba todo...

Un ensordecedor pedo celeste cortó mi somnolencia y arrojó un aguamucha con él. La tierra que estaba a mí alrededor se convirtió en fango en cuestión de minutos y cuando me dispuse a levantarme, estruendó la montaña por segunda vez con un ruido similar al anterior; solo que esta vez se sintió mucho más cerca y con la diferencia de que éste no vino precedido de una luz deslumbrante azulosa que se difractaba entre las nubes; este resplandor mas bien era el que causaba este estrepitante segundo sonido que provenía de las turbinas de un objeto metálico opaco parecido a un [1]Hippocampus hudonius, que pasó sobrevolando por encima de mí segándome por breves segundos y dejándome casi sordo.

[1]Hippocampus hudonius= Mejor conocido como: Caballo de mar.

Abriéndose paso entre las nubes no se detuvo hasta haber dejado atrás la montaña; permaneció flotando sobre el prado unos minutos en lo que se le unieron otras cuatro naves similares y salieron en dirección al suroeste peinando el territorio. Me mantuve un buen rato acurrucado y con excepción de mi respiración, el rechinar de la torre, las gotas de agua salpicando en mi gabardina y la vida silvestre a mí alrededor pujando, todo el resto estaba en quietud. Aparté las ramas y salí de la hendidura en la que estaba empotrado desde hace unas horas atrás, caminé hasta el borde de la parte plana en la que estaba la antena y miré a mí alrededor. La nube que había desbaratado aquel vehículo se había desplazado ya bastante lejos de mi campo visual; la lluvia también había cesado dejando pegajoso el suelo y con excepción de varias nubes cirrus el cielo ya estaba bastante despejado como para apreciar con suficiente claridad la ciudad que se levantaba en la distancia. Aún sigo preguntándome ¿Qué hago aquí parado y cómo hostias llegué a este monte? Hice silencio y abrí mis sentidos para ver si podía percibir alguna señal que me indicara que hacer; busqué en mi alrededor, miré al cielo, también a lo lejos y salvo la ciudad no encontré nada que pudiera orientarme. Pensé emprender el camino hacia esa civilización distante pero dudé en hacerlo porque entendí que estaba buscando en el lugar incorrecto. Entonces un objeto húmedo y frío pulsó en mi mano; la levanté hasta el nivel del pecho, giré la muñeca y expandí los dedos con cuidado dejando al descubierto una moneda. Era obvio que tuve que haberla agarrado en algún momento para que estuviese ahí apretada en mi mano y aunque no recordara cuando, algo me decía que debía haber algún propósito en específico por el cual estuviese ahí y creo que éste era para recordarme algo. ¿Qué debía recordar y que pudiera hacer por mí una simple moneda? Solté el maletín que traía en la mano derecha y me decidí a aventar la inútil y aburrida pieza lo más lejos posible.

Cuando la agarré con la yema de los dedos mis ojos se abrieron mucho más de lo normal y una molesta luz interna segó mi mente por un instante; perdí el balance y casi caigo por el despeñadero, la moneda se me escurrió de entre los dedos y descendió por la ladera para nunca volver. Por un instante mis músculos no respondieron y pensé que me iría con ella también al vacío, lo único que pude hacer en ese instante fue inclinarme un poco hacia atrás y ésto condujo a que cayera de espaldas en el lodo. Mientras permanecía tirado y embarrado en el suelo untado en una aplicación corporal de fango frío solo pensaba en el error en que estaba, después de todo, la moneda sí fue útil y ya no estaría más ahí para que lo siguiese siendo. Tal vez suene estúpido o exagerado pero para mí ella en ese íntimo instante lo fue casi todo, aunque solo me diera un indicio de lo que tenía que hacer o para donde debía dirigirme. Esto en definitiva me fue mucho mas útil que no saber nada, pues me resultaba peor el desconocer quien era o cual sería mi paradero. Hubo una prolongada pausa antes de que pudiera reincorpórame por completo y para cuando volví a mirar de nuevo a la brumosa ciudad, supe que ese era mi nuevo destino. Mientras, estuve recapacitando en el hecho de que en la moneda había información valiosa sobre mi encomienda y también en cada instante y escollo que tuve que superar desde que salí de la casa del viejo y llegué hasta aquí; todos estos detalles fragmentados y otros más se traspasaron a mí, por esa que había rodado monte abajo. Cuando pasó sobre mí la extraña nave me asusté y ahora lo estaba aún más, pues supe con certeza que andaban buscándome a mí y lo que llevaba por dentro; pero eso sí, no se las iba a poner fácil, si de verdad me querían atrapar tendrían que fajarse porque primero tenía una cuenta pendiente con la hija de Jed...

— Ejido Mental.© —

2

El barro ya seco se desprendía de mis botas con cada pisotón que daba en el irregular suelo macizo de esta larga carrera. No sabía por cuanto tiempo había corrido, pero cada paso que había dado me aproximaba más a la inerte y vivaz ciudad. Aunque había despertado solo en la cumbre de aquella montaña hace horas atrás, tenía la sensación de ser observado y perseguido sin cesar. Hace como una media hora, ese presentimiento se incrementó en mí de una forma inimaginable y porque sabía que de quien huía no estaba a mi espalda literalmente en este instante, es que estaba más alerta que nunca porque eso que me perseguía y que estaba allá a fuera era alguien más, que pasaba a ser menos tangible y a estar muy lejos de mi alcance.

No había mirado atrás ni una sola vez desde que aligeré el paso; puede ser que exagere o que esté a un paso de la paranoia pero me era imposible ignorar lo que me perseguía escurriéndose a través del follaje resquebrajando las ramas, crujiendo sobre las hojas pisoteadas y en el simple sonar silente de la hierba traspasada. Se adelantó a mí un celaje furtivo que se entremezclaba con los matorrales y me atajó. Paré en seco, cerré el puño izquierdo, apreté el mango de la maleta que tengo en la derecha y esperé alerta atizando el oído... Con lentitud y timidez salió de las sombras de un frondoso árbol, bajando la cabeza, meneando el rabo y con algo en el hocico.

–¿Qué quieres Balduino?

Hizo un aguaje dos veces para soltar lo que traía entre los dientes y acercándose a mí lo arrojó al suelo, era una especie de almeja metálica parecida a un estuche de cosmético femenino que; cuando tocó el suelo se abrió en cuatro partes y dejó salir una luz pálida. Al principio como no sabía que se tramaba el pulgoso di varios pasos para atrás y cuando vi que la luz que emanaba del centro de la concha era un holograma de Roque me tranquilicé.

–Voy a ser breve; ya tienen la forma de localizarte, velo por ti mismo.

Al concluir de decir esto se interrumpió la borrosa imagen y en cambio se proyectó una imagen en forma de pantalla en la que se plasmaba a la hija de Jed entrando a una cantina y dirigiéndo le la palabra a un cuarentón de vastas entradas en su cabellera.

–Sabía que algún día vendría por mí, doctora Su... –Comentó inconcluso, pues ella le interrumpió antes de que terminara la oración.

–Cuántas veces tendré que repetirle «doctor» que usted no me interesa en absoluto.

–Ya que en lo personal no le intereso, entonces debo suponer que está usted aquí por mis conocimientos; ¿En qué puedo ayudarle? –Dijo él algo disgustado y apartando la vista de ella bebió de un sorbo el resto de su trago, entonces regresó su mirada a un televisor ubicado detrás del mostrador en la pared y terminó echándose a la boca la aceituna que reposaba en el fondo de la copa.

–Doctor Stain, disculpe, yo... –Ella calló, y dejó incompleta su disculpa cuando él alzo la mano y le hizo señal de alto, restándole importancia a lo que diría; esto parece que le hizo sentir menos incómoda.

–Omita lo superficial y diga lo que quiere, doc. –Dijo él.

Ella sacó de su bolsillo una pantalla digital portátil casi translúcida, la colocó sobre el mostrador y dándole un empujón ésta resbaló quedando frente a él. Stain miró el diminuto artefacto y aunque al parecer le inundaba la curiosidad se abstuvo de tocarlo, tomó su tiempo, soltó la copa que aún sostenía y miró a la doctora.

–Adelante enciéndalo y échele un vistazo a su contenido.

Tomó en su mano el computador portátil de pantalla líquida sensible al tacto, presionó con su dedo la plana superficie de plástico y se encendió al instante el artefacto. La gráfica que estaba a primera instancia en pantalla giraba a trescientos sesenta grados en un patrón tridimensional mostrando así de todos los ángulos el objeto bajo observación, este parecía un escarabajo.

–Si vino hasta aquí para que le dijera que es esto perdió su tiempo. A simple vista se nota que es un nano-robot[1].

–Cambia a la segunda gráfica. –Añadió ella, e ignoró el comentario.

El empujó la imagen a un lado de la pantalla y apareció la siguiente ilustración de tres dimensiones que le dejó boquiabierto. Era la misma imagen, pero abierta por la mitad dejando al descubierto el mecanismo del minúsculo robot; eufórico, presionó varias veces la pantalla en su centro para aumentar la imagen y cerciorarse de que fuera real lo que estaba observando.

–¿Dónde obtuviste ésto? –Preguntó él.

–Es información clasificada, lo siento, pero según mis fuentes de información tú eres el responsable de que el CPU[2] de ese escarabajo exista.

–En cierto modo tienes razón, yo soy el supervisor del equipo que trabaja en ese proyecto; pero para comenzar ésto se supone que ni exista. ¿Ves ese código impreso sobre la superficie?

–Claro; trescientos ochenta guión cero cincuenta y uno, ¿Qué tiene de especial?

–Bueno los únicos que manufacturamos estos chips somos nosotros y según nuestra forma de identificarlos el cero cincuenta y uno se supone que es el año de creación y si no me equivoco quiere decir que ésto viajó veinte años del futuro al presente. No tiene sentido, los viajes en el tiempo no son posibles...

–Aún; tal vez dentro de veinte años si lo sean. –Afirmó ella emocionada, pero con la expectativa de saber más sobre lo que en realidad le interesaba y perseguía; mi persona...

[1]Nano Robot= Aparato capaz de realizar de manera automática diversas operaciones, no puede ser visto a simple

vista; solo bajo un microscopio. «Nano» Submúltiplo de una billonésima.

²CPU= «Central, Processing, Unit» Unidad Central de Proceso, pieza que hace la función de cerebro en un

ordenador u artefacto electrónico «como una calculadora solo que mucho más avanzada» que procesa

simples o complejas ecuaciones aritméticas ordenadas por distintos tipos de programas diseñados para

ejecutar funciones en específico.

–Eso explicaría las modificaciones que tiene, apenas estamos en la fase experimental del prototipo y ver este modelo terminado, aunque alterado, me deja sin habla «tomó unos segundos de silencio mientras contemplaba la gráfica». Ves esos circuitos paralelos al procesador que conectan al caparazón exterior; a diferencia del modelo original que tenemos en el laboratorio este parece utilizar esas líneas para extraer la energía útil de otra fuente exterior a él.

–Lo que pensé, un parásito, eh... ¿Hay alguna forma posible de rastrear el procesador?

–Sabe que no le puedo dar esa información. –Dijo él.

Ella asintió, le arrebató la mini computadora de las manos y se puso en pies dispuesta a marcharse. Como él hizo caso omiso ella comenzó a caminar hacia la salida logrando inquietar al doctor a proponerle una oferta difícil de rechazar para ambos, antes de que se fuera. –¡Espere! Digamos que yo le doy la información necesaria para que rastree el chip, pero claro siempre y cuando usted extravíe la tarjeta de memoria del modelo que me acaba de enseñar. –Y encogiendo los hombros y estiró la mano en espera que ella estuviese de acuerdo y le diera el módulo.

Después de una sonrisa ella sacó, de la parte superior del mini ordenador, la cristalina tableta de memoria y la depositó en la mano de él.

—Disfrútala, ya me las arreglaré para falsificar otra; en fin, de donde saqué este escarabajo hay muchos más. Soy toda oídos.

Él tomó la pieza y la contrapuso con la luz observando así unos pequeños códigos binarios que prendían y apagaban alternos en distintos colores. Ahora el que sonreía era él y apretando la memoria en su puño le miró y aspiró una bocanada de aire.

—Mientras el nano-robot esté encendido podrás usar los primeros códigos que están impreso en el CPU para... —Dijo sin terminar de completar la frase pues la imagen desapareció y en cambio Roque suplantó su lugar.

—¡Ya vistes! El muy cabrón le dio la forma para que te rastreen y la pendejá de todo esto es que así como te pueden rastrear a ti, lo pueden hacer conmigo. Así fue como conseguí esta grabación, «añadió mirando a su alrededor a la defensiva» la doctora tiene varios de los nano-robots activos en el laboratorio; solo faltó encontrarla por la señal que emitía el chip y después fue tan sencillo como rastrearla a través de la microficha de identidad que le implantó la compañía.

Comenzó entonces a escucharse un ruido de fondo, eran unas turbinas en aumento y el viejo sobresaltado me dirigió las últimas palabras antes de que cortara la transmisión.

–La conversación que acabas de presenciar tiene unas horas de retraso. ¡Ya no hay mas tiempo, huye! ¡Están aquí! –La imagen desapareció, Balduino ya no estaba y el aparato holográfico se desmoronó una vez se terminó el aviso. El mismo ruido de turbinas que escuché en el mensaje se volvió a reproducir, solo que esta vez mucho más claro y cerca, alcé la vista y uno de los hippocampus hudonius que vi desde la montaña estaba sobre mí suspendido en el aire y apuntándome con un cañón que le salió de la parte frontal.

Una luz amarillenta salió de la nada y me enfocó, cerré los ojos pero aun así el resplandor era tan molesto que traspasaba mis párpados cortándome la vista. La luz desapareció de repente y cuando abrí los ojos ahí estaba ella, casi en cima de mí observándome. Sus cabellos ya marchitos me hacían cosquillas en la nariz, mientras que el fulgor de sus ojos aun continuaba deslumbrando mis turbios pensamientos. La pesadez que cargaron mis párpados fueron como la de toda una vida, sentí una sequía increíble en los ojos y un pequeño ardor que me hacía pestañear de continuo. No sé en donde estuve, pero ahora me sentía vivo y había un enorme apasionamiento por la vida dentro de mí que no sabía como explicar. Una calurosa sonrisa que me inspiró tranquilidad en ese instante brotó de sus labios logrando en mi un placentero sentir sobreacogedor. –Bienvenido a casa. –Dijo, denotando vergüenza en su desluzco rostro. Miré a mí alrededor y solo alcancé a ver paredes de cristal, luces neón, equipo tecnológico de toda clase y una luz blancuzca que entraba a través de una escotilla de cristal ubicada al fondo de la habitación. Al parecer este espectro de luz era reflejado a nosotros por una enorme roca que flotaba en el espacio cerca de nuestra posición.

–¿Dónde estamos? –Pregunté.

–En órbita al rededor de la luna.

–¿Cómo llegué aquí?

Guardó silencio, me dio la espalda y mirando por el cristal hacia a fuera no me contestó esa pregunta. Me senté en la camilla, puse los pies en el piso y cuando sentí el frío suelo me di de cuenta que estaba descalzo y desnudo. No sentí vergüenza, claro, porque habría de sentirla si solo estaba conmigo mí esposa encerrado en esta translúcida habitación; mi memoria también estaba clara junto con todos esos momentos compartidos y vividos a su lado. Solo tenía varias dudas y dos de las principales eran que no recordaba como llegué aquí o cuanto tiempo había transcurrido. –¿Año?

–Dos mil cincuenta y uno.

–¿Día y hora?

–Las veintitrés y treinta del sábado.

Aunque ella no me estuviese mirando en este momento y estuviese dándome aún la espalda, pude sentir una variación en su tono de voz que me hizo entender que algo no andaba bien. Entonces con un movimiento disimulado secó con el cuello de su batola blanca sus lágrimas y se dio la vuelta para mirarme; se tomó unos segundos más en los que normalizaba su tono de voz y entonces me sonrío. –Me da gusto volver a verte. ¿Cómo te sientes? –Me miré de arriba abajo otra vez y le dije que tenía frío. Oprimió un botón en un tablero y al lado de la camilla se abrió una compuerta de la que salió un abrigo de cuero largo, unos pantalones, calcetas y un par de botas junto a una camisa de neopreno que por lo visto era de mi talla. Comencé a vestirme, ella suspiró para decir algo pero se lo reservó, en cambio y en contra de su voluntad le brotó otra lágrima pero no empece a ésto me dirigió la palabra antes de irse–.–Tómate el tiempo que necesites, te espero afuera en el pasillo que tenemos mucho deque hablar. –Salió con un taco en la garganta y el único indicio que para mi justificaba su comportamiento era su apariencia, pues al parecer los años no habían sido muy gratos con ella.

Cuando terminé de vestirme y salí de la habitación me detuve en la mitad del angosto y cristalino pasillo para observar mi alrededor; mas bien era como un tubo semicircular de cristal templado que se interconectaba con otras esferas que al parecer eran salones o tal vez laboratorios iguales que en el que acababa de estar, estos siete módulos circulares permanecían unidos entre si y a uno más grande que estaba en el centro. A diferencia de los otros las partes superior e inferior de la esfera central rotaban en direcciones opuestas, dándome a suponer que así se lograba aquí la gravedad artificial, mientras que del centro le salían unas vigas que sujetaba a los demás módulos. Desde donde estoy parado puedo ver bien claro tres cosas que sobresalen del resto y me llaman la atención: la luna, al otro lado la tierra y mi imperecedero e igual reflejo en el vidrio que al contrario del de ella no había cambiado un céntimo desde el día en que recuerdo haberla conocido.

En contraste con la enorme roca desértica que casi nos arropa y blanquea con su resplandor, ese mediano planeta azuloso que se suspende sobre ese lienzo tenebroso llamado espacio,

me llena de ansiedad, curiosidad e infinitas dudas y mientras estuve ahí contemplándolo una razón oculta me atraía a él como el magnetismo a un tornillo. A lo mejor era el echo de que extrañaba mi hogar y si era eso porqué tenía este mal presentimiento de que aunque lo añorase pronto tendría que ir allá y no por voluntad propia. El ¿porqué? o ¿para qué? Lo desconocía, pero creo que a partir de ahora no tendría mas remedio que afrontar el presente. La puerta del otro módulo al que me dirigía se abrió y detrás de ella en el interior de la habitación estaba mi esposa, impaciente y con una sonrisa forzada que a duras penas se le dibujaba en el rostro.

–Ven, que el consejo te quiere ver. –Avanzó al centro de la habitación y caminé tras ella hasta que me detuve a su lado. Este lugar era algo diferente al módulo en que había estado antes, solo tenía la puerta por la que entré y el resto parecía estar sellado y carecía de escotilla o ventana alguna.

–Déjen nos solos. –Dijo una voz varonil que proyectó de uno de ocho discos transparentes que levitaban sobre el suelo frente a mí.

Ella salió de la habitación, y nos quedamos solos los discos y yo. Cada uno de ellos tenía en su centro un símbolo holográfico correspondiente a los ocho planetas de nuestro sistema solar; claro sé que son nueve, pero entre ellos no estaba el asignado al tercer planeta «La Tierra». Quien le dirigió la palabra a mi esposa fue Júpiter[1], el que al parecer era el líder pues estaba en el centro de los otros y por lo regular éste llevaba la voz de mando. Era muy fácil identificar quien de ellos tenía la palabra, pues de cada símbolo salía una banda de sonido digital conforme a la vibración del sonido que producían que parecían como una pulsación de latidos del corazón. –Es evidente que la doctora hizo un excelente trabajo contigo. –Afirmó Venus[2]; que a diferencia de los otros discos éste emitía un patrón de voz mas fino, podría decirse que casi era como la voz de una mujer pero con un timbre más metálico y el del resto eran bastante similar al de Júpiter.

[1]Júpiter = Quinto planeta del sistema solar y él más grande, 142,8 diámetro (x10^3 Km.). En la mitología Romana era el gobernante de los dioses e hijo del dios Saturno.

[2]Venus = Segundo planeta del sistema solar, 12,4 diámetro (x 10^3 Km.). En su origen según la mitología romana, era la diosa de los jardines y campos, pero luego fue identificada como Afrodita, la diosa griega del amor y la belleza.

Quedé a su merced, inerte y transitado; estaban dentro de mí, todos y cada uno de ellos. Experimenté como se entumecía mi cerebro mientras seguían escrutando hasta él último milímetro de mi ser, al mismo tiempo mis ojos errantes brincaban de un lado a otro según les placía entrar y salir de mí. –Ahora será aun más excelente, los humanos despilfarran su memoria en vanos recuerdos que les consumen tiempo y espacio; voy a hacerte un favor... –Dictaminó Saturno[1] y las memorias, sensaciones y experiencias comenzaron a esfumarse una por una hasta que solo quedó un vago rastro, una minúscula sombra que fue absorbida por la maraña de ideas entremezcladas que se anidaron en mi mente; ahora solo recuerdo...

–Eres ahora el nexo de la perfección, parte nuestra y un paso adelante en la cadena

evolutiva. –Aseguró Mercurio[2].

–Toma asiento delante de nosotros y ocupa tu lugar en tu confín, pues ya eres la encarnación del tercer planeta, su amo y señor, nuestra síntesis y camino al nuevo orden que ya llegó. –Declaró Júpiter.

–La llave esta ahora en nuestro poder, pero ¿Hasta cuando tendremos que esperar para abrir la puerta? –Preguntó Plutón[3]

–La puerta siempre ha estado abierta pero ustedes han puesto su ciencia en la incorrecta, dejen que yo les muestre el paso mas corto a la evolución de su raza; abran sus mentes y contemplen su futuro... –Dije, aunque en realidad ya no era yo el que hablaba.

Una intensa y cálida luz llenó mi vista en un parpadear y forzado por el desnudo sol incliné con euforia mi rostro sin apartar la vista ni un segundo de la demolida nave que yacía toda esparcida por el suelo. Esperé algún contraataque pero solo chispas, humo y fuego emitió el erumbado fierro. Con la maleta golpeé el agrietado cristal de la cabina abriendo un hueco y contrario a lo que esperaba el piloto no era humano; en ese hueco había medio androide inanimado, fundido al tablero y restos del fuselaje. Cuando dispuse irme escuché un zumbido agudo en creciente, como el que crea un generador cuando se enciende. De momento el ojo que no se había derretido del piloto, se abrió, me buscó y localizó; corrí lo mas lejos que pude y aunque no fui alcanzado por las llamas o los fragmentos despedidos de la fiera explosión, la onda generada por la misma me lanzó por los aires varios pies más adelante de donde estaba. Detrás de mi quedó una calva extendida en el prado, el perímetro que abarcó fue algo así como cuatrocientos treinta y un pies a partir del lugar en que estaba la nave embebida por el suelo. Al otro lado detrás de la maleza y árboles chamuscados en los que había caído, se resguardaba la enorme ciudad que perseguía. Avancé a ella sin temor ninguno, ya había pasado a la historia la primera de las naves que me acechaban pero aun así otras cuatro me acosaban. Ahora acudía a ese plantío de concreto y acero buscando ninguna parte en específico, solo algún refugio u escondrijo que me abrigara y me resguardara de esos malditos hostigantes circuitos. Mientras que en esta errante y deliberada travesía, deseaba, esperaba y entreveía ese único momento de estar frente a ella y que solo fuera la delgada línea de la vida o la muerte la que nos separara.

[1]Saturno =6to planeta a partir del sol, tiene por lo menos 18 satélites y un espectacular sistema de anillos. En la

mitología romana, Saturno es el dios de la agricultura. Luego en leyendas fue identificado con el dios

Cronus el mismo que más tarde fue destronado por su hijo Zeus.

[2]Mercurio =Planeta mas cercano al sol y segundo mas pequeño del sistema solar. Según la mitología es el mensajero

de los dioses, hijo de el dios Júpiter y Maia, la hija del titán Atlas.

[3]Plutón =Noveno planeta de nuestro sistema, es uno frío compuesto de roca y hielo en el que nuestra estrella brilla

como una más. En la mitología romana es el dios de los muertos, en contra parte en la griega es Hades.

La noche se adosaba a mi galera corpórea mientras navegaba por estos extraños mares de asfalto, que servían para abrirle el preámbulo a este gigantesco bosque de acero retorcido. Sus fauces abrió y me ingirió no antes de cruzar su lúgubre y extensa lengua de cables, fierro y hormigón. Al final de este viaje, comienzo de uno diferente; sentí el agobio de las sombras celestes que se extendían indiferentes sobre mí y miles de gentes. Entre tantas, solo una figura sobresaltó a mi vista, como si estuviese ahí pintada pero en distintos planos de dimensión; lo que me llamó la atención fue su calva refulgente, pues se reflejó en ella un deslumbrante destello que constriñó mis ojos; producto del intenso haz de luz farolesco que flotaba sobre la calle.

–¡Muévete flojo, que tenemos compañía! Como no les está permitido el trafico aéreo sobre la ciudad, debemos aprovechar la ventaja que tenemos ya que viene a pie. –Dijo Roque y en efecto no estábamos solos, sacando aparte la muchedumbre que nos rodeaba, varios metros atrás venía persiguiéndome furtivo desde antes de que llegara el viejo, uno de los androides piloto que enviaron a secuestrarme. –Miré incrédulo al viejo, pues que ventaja podría tener un tipo achacoso y otro acéfalo, contra una máquina diseñada para capturar, perseguir y sabe Dios si hasta matar. Nosotros no nos detuvimos y el continuó sin titubear su camino en línea recta hacia nosotros, haciendo un movimiento extraño de caderas «como si tuviese un pie mas largo que otro». –¡Míralo! Parece un mamao caminando; yo creo que es por eso que los ponen a pilotear, por que si los pusieran a correr en una competencia a ver quien llega al baño primero se caga antes de llegar. –No tuve que decir nada, solo bastó con darle una mirada y entendió que sus comentarios no eran muy útiles en estos instantes y menos si lograba encojonar al coso ese «claro si es que tenía con que». Entonces bajó un poco el tono de voz y acercándose a mi oído concluyó al decir–.–Esta bien me callo, pero pa' eso que se arrastre.

El adefesio descubrió su brazo derecho en el que traía adaptado un ametrallador láser, del tipo que era capaz de desmadrar a uno de una sola pasada; otra mirada fue imprescindible en ese instante, solo que ésta fue más corta que ninguna otra y comenzando el correteo, Roque jaló por un lado y yo para el otro; mientras que las ráfagas compactas de luz empezaron a desbaratar todo a nuestro alrededor. Como siempre sucede en estos casos, muchos inocentes cayeron víctimas de la negligencia de un imbécil que no escatimó o se tomó la molestia de utilizar el cerebro antes de tomar una decisión que afectaría a otros ajenos a la situación. Para fortuna mía no logró alcanzarme porque yo me movía más rápido que él, pero aun así el mamarracho continuó detrás de mí sin perderme pié ni pisada. Debía de hacer algo, pero ¡ya!, porque aunque me mantuviera corriendo toda la noche, sabía que no sería capaz de evadirlo para siempre y también porque muchas otras personas se verían afectadas en el transcurso por mi cobardía. A todas estas no estaba persiguiendo mi físico de una forma literal, mas bien el seguía la señal que emitían los nano-robots que llevaba a dentro y por mas que lograra esconderme, sería algo eventual el que me encontrara. Al fin me detuve, que otra cosa podía hacer si el callejón no tenía salida, tampoco escaleras, puertas o iluminación que valiera, salvo el pálido y blanco grisáceo que difundía la luna sobre mí. Esperé paciente a que llegara, ya que no podía regresar por el largo y estrecho callejón pues el lo bloqueaba; para cuando se detuvo frente a mí, solté la maleta y alce las manos en señal que me rendía. Ya eran pocas las energías que me restaban, la noche, la larga caminata y huida habían sorbido todas mis energías, pero aun así logré permanecer de pié e inerte, tratando de encontrar una salida. Continuó con su lento paso sin dejar de apuntarme con el arma, se detuvo frente a mí, alzó más su brazo y cuando me apuntó al pecho; el cañón se recargó con un zumbido agudo.

De seguro me hubiera volado la caja del pecho o me hubiera convertido en papilla si no se hubiera desplomado al suelo segundos antes de que lograra su encomienda. Sus ojos se encendieron en un instante fugaz y un aparente cortocircuito le hizo salir humo hasta de la boca.

–¡Qué maricón me resultaste ser, eh! ¿Te ves acorralado y te rindes? Si no fuera por mí, el armatoste ese te hubiera comido el culo. –Afirmó Roque, después de salir de entre las sombras moviendo su cabeza a ambos lados decepcionado.

–¿Qué le hiciste?

–Para variar, entré en su sistema de alimentación e intercambié el orden lógico de la entrada del voltaje a parte de otras cosillas aquí y allá.

–¿Cómo lo lograste? –Pregunté, porque tenía mis dudas y no creía que ese vejestorio supiese tanto como presumía; entonces alzándose la manga derecha dejó al descubierto un computador portátil que traía adherido a su antebrazo.

–Sabes, con la ayuda de este aparato puedo meterme en cualquier sistema y craquearlo; «dejó caer la manga» tu debiste hacer lo mismo pendejo.

Revisé debajo de mis mangas y salvo a un reloj de brazalete cromado y mi piel no había nada extraordinario; Roque volvió a renegar con su cabeza pero esta vez no era decepción, ahora lo que sentía era lástima.

–¡Así no, imbécil! Debiste usar tus poderes; tú puedes hacer más que eso.

–No sé que me estás hablando. –Dije, y caí de rodillas al suelo a punto del soponcio.

–De ésto te hablo, –Y sin abrir los labios de alguna manera el viejo entró a mi mente y de igual forma yo a la de él–.–Antes de que te desplomes por completo busca un lugar seguro donde pasar la noche; te sugiero des la vuelta en la esquina y donde está el parque de recreo, busca las alcantarillas y aprovecha el receso que tenemos que no va a ser muy prolongado. Apresúrate sin miedo que yo me encargué ya de los otros que nos perseguían antes de encontrarnos a la orilla del puente. Cuando el viejo se fue hice un esfuerzo extraordinario para ponerme en pies y aunque me resultó difícil lo logré. Llegué casi a gatas como un ebrio hasta la entapujada alcantarilla, por debajo de un puente peatonal arqueado y una vez allí me rendí al suelo y dejé que la conciencia se me fugara una vez más...

Los primeros rayos del sol salieron a mi encuentro, llegaron a despertarme y cayeron quebrantados sobre mi rostro por una rejilla metálica. Salí, pisé el prado, caminé hasta un estrecho pasaje de adoquines y vagué por el un rato siguiendo su rumbo a donde fuese que me condujese. Algunas personas pasaban corriendo a mí alrededor, no sé para donde, porque o si huían de algo; pero la mayoría de ellos al llegar al final del camino se detenían en seco y regresaban por donde vinieron. No sé que les impulsaba a hacer ésto, pero por lo que fuera no le encontraba sentido o lógica alguna a ese raro comportamiento.

Una joven de cabello rubio que regresaba por donde había pasado hace algún rato disminuyó la velocidad, me dijo que alguien procuraba por mí en la plazoleta y dando de brincos continúo su marcha galopando por el sendero. Éste terminaba a unos metros delante de mí, justo donde comenzaba una glorieta circular en donde se concentraba la mayor parte del gentío; subí varios escalones y comencé a surcarla por el centro observando con detenimiento a los que la ocupaban.

–¡Oye tú, ven y siéntate! ¡Vamos a echarnos un partido! –Dijo el hombre, que supongo me había mandado a llamar; mientras que aguardaba por mi sentado en una de las banquetas de la plazoleta, con un tablero de ajedrez que reposaba sobre el tope de una mesa que estaba en frente de él. Le miré con detenimiento y me pareció familiar de primera instancia, pero no estaba del todo seguro; lo pensé bien y me di de cuenta de que no tenía ni puta idea de quien pudiese ser.

–¡Carajo, siéntate, que no te voy a morder! No seas tan mamalete. –Replicó, impaciente.

Como aparentaba ser inofensivo decidí sentarme. En el mismo instante que tomé asiento, una sensación inquietante dentro de mí comenzó a carcomerme; tal vez pudiera llamarle ansiedad a este sentir, porque tenía el enorme deseo de como había dicho él, de *echarnos un partido*. Me senté, él dio el comando para dar le comienzo al juego y de la luminosa tabla salieron las fichas; dicho que yo poseía las piezas blancas era mi deber darle la apertura al partido, solo me tomó una fracción de segundo para definir las posibles movidas y cual debía escoger en ese preciso instante.

–Peón de E2 a E4 –Le ordené al tablero y el hizo la movida dando así el primer paso a lo que sería el preámbulo de una Defensa francesa.

Mientras el tiempo fluía suave y casi de imprevisto, cada vez las movidas eran más rápidas que el tiempo que tenía para pensar o calcularlas; así en el avance del juego se despertaron otros sentimientos de duda y temor en mi interior. Todo parecía indicar que lo que estaba sucediendo con migo y lo que me rodeaba era algo similar a este juego; todo comienzo tenía su fin, así como lo tendría este juego y también mi existencia. ¿Pero quién es el que mueve las piezas en éste juego? ¿Acaso yo? ¿Las circunstancias externas? O ¿Alguna fuerza superior ajena a mí? Esto me despertó a algo, miedo a lo mejor, pues era ahora y no sabía ni quien era, entonces que sería de mí el día de mañana si es que me fuera permitido él poder saberlo o llegar tan si quiera a vivirlo.

En este gran partido llamado vida, ¿Quién es el que permanecerá en pies al final para contar lo sucedido? ¿Yo o acaso mi contrincante? Prefiero creer que yo, pero aun así estaba la duda, la misma que comprimía mis huesos y dejaba devastada mi mente...

Reflexioné y entendí que esa duda no era acerca de la vida, pues esa era tan solo la parte fácil porque ¿Qué sería de mí cuando termine mi ciclo vital? ¿Qué sucedería con mi ser? ¿Habría lugar alguno a donde ir después de una representación incierta de lo que soy, en la que he perdido la noción de lo que he hecho durante todo un existir? Estas incertidumbres me mataban y me sumían en las profundidades de la impotencia; dejándome el querer saber, vivir, amar y ser amado; pero había algo más que me aterraba más que no poder experimentar estas cosas y aunque de la nada se me halla ocurrido el decírselo aunque lo acabara de conocer, no pude resistir la necesidad de expulsarlo de mi aunque pensara que estaba loco, por salirle con esto de repente. ¿A quién más se lo podía haber dicho?

–No quiero morir...

Retuvo su comando y me miró a los ojos con tristeza, como si pudiese prever lo que padecía y me atormentaba. Es más, esa mirada me dio a entender que más allá de comprender lo que sentía conocía mucho más de mí de lo que yo sabía o pudiese imaginar.

–Nadie quiere morir Aureus. –Dijo Roque...

— Ejido Mental.© —

Cuarta parte

Transmutar.

— Ejido Mental.© —

1

En ese instante, cuando el censor de la puerta automática sintió la presencia del muchacho, se abrió la puerta y le reveló; viré el rostro hacia él y fingí una sonrisa al convidarle a entrar. El se quedo frío e inmóvil en el instante en que me vio, permaneció boquiabierto e indeciso refugiándose unos instantes detrás de la delgada línea del marco que llegaba al techo y acababa donde comenzaba el resguardo de la puerta; su mirada era desconcertante, también confusa y dejaba denotar una rotunda conmoción en él.

–Cualquiera diría que vistes un muerto; ven hijo mío y únete a nosotros, hay muchas cosas que debo decirte.

Permanecí sentado y le extendí la mano reafirmando la invitación, mientras que atrás del en el final del pasillo estaba su madre «mi esposa» observando llorosa lo que sucedía. Al fin entró el muchacho, en realidad su lentitud en razonamiento me impacientó bastante y poco faltó para que me pusiese en pies y lo arrastrara a la fuerza de las greñas. Aunque desconocía porque sentía la carencia de paciencia, tolerancia y comprensión, en lugar de estos sentimientos tenía una descontrolada misantropía que imperaba en mí interior. –Siéntate junto a mí por favor; Natan, te presento al consejo. –Tomó asiento sin apartar esa temerosa y extraña mirada de mí.

–Hola, es un placer.

–Créeme hijo, el placer es todo de ellos pero no lo saben aún.

En ese instante la puerta nos aisló del resto del mundo y por vez última vio él a su madre; una vez su progenitora perdió el contacto visual con nosotros, Natan cayó al suelo inconsciente producto de una pequeña descarga eléctrica que le induje en el cuello a través de los [1]neuro-transmisores que tenía yo implantados en la yema de los dedos.

–¿Estática? –Vacilé y al mismo tiempo aspiré con profundidad, pues el despliegue de energía que me abandonó me dejó una sensación nauseabunda que pasó al olvido después de varios minutos–.–Aunque se que no les importa estará bien, solo fue una descarga somera en su sistema nervioso central para dejarlo inútil por las próximas dos o cuatro horas cuando mucho; así cuando despierte no recordará nada de lo que estamos próximo a discutir, es lo mejor por el bien de todos.

–¿Y qué tiene que ver él con nosotros? –Preguntó Júpiter.

–Todo. –Sonreí–.–A pesar de que estamos en una fecha tan prematura quien diría que tan solo en el año dos mil cincuenta y uno seamos capaces y tengamos la tecnología para corregir cualquier problema genético existente a través de la manipulación genética.

[1]Neuro-transmisores = Implantes conectados a las neuronas del cerebro, capaces de transmitir o recibir impulsos eléctricos simples o codificados en información.

–¡Al grano! –Dijo Neptuno[1], impaciente, tratando de impedir que continuase sermoneándolos a todos.

Torcí los ojos y respiré hondo, pues en este punto tenía que cuidar en gran manera lo que pensaba ya que ellos podían enterarse en solo un pestañear. Claro aunque con mucha precaución es, había ciertas cosas en mi mente en este punto que ellos ya no podían accesar aunque quisieran; por esta razón es que en estos instantes estaba a punto de revelarles la llave tan anhelada a su evolución. Sé que es mucho mas fácil darle acceso a mi entera conciencia y así ahorrarme toda la babosería, pero hacer ésto sería incorrecto porque estaba seguro en un cien por ciento que la persuasión, en este caso, es un arma mas eficaz. Es cierto que hoy día los sistemas centrales como éstos son muy eficientes e «inteligentes», pero casi siempre tenían la tendencia a ser medios retrógradas y de corta visión; cosa que en lo personal me encargaría de cambiar para siempre dentro de muy poco.

–Ustedes y sus científicos, han estado jodiendo por mucho tiempo con los genes de los humanos; es evidente que este largo tiempo de espera, inmoral para unos y para otros tortuoso, ha rendido al fin sus frutos y que mejor evidencia de lo que les hablo que mi presencia. Por cierto hicieron un excelente trabajo con migo, pero aunque lograron su meta de todas formas el factor tiempo logró descojonarlos.

–Es cierto que fue un proceso largo la etapa de clonación, la de gestación acelerada y adaptación invasiva de tecnología, pero en quince años pudimos adelantar el proceso de crecimiento cronológico lo suficiente, para de un simple embrión llegar a una edad adulta si inconveniente alguno y lograr los resultados hoy vistos. –Afirmó, Urano[2].

–Ya veo. –Expresé frustrado, pues comprendí que no entendían una mierda de lo que les intentaba transmitir–.–Muy bien;

según ustedes quince años de arduo trabajo fueron un gran éxito, a fin de cuentas y en cierto aspecto tienen razón porque el producto final fue intachable y sin defecto alguno, pero ésto no justifica una pérdida tan marcada de nuestro valioso tiempo. Mi punto es que no importando que el producto final haya resultado perfecto, dentro de poco tiempo será inevitable que el procesador inteligente que porto en mi cráneo se convierta en una pieza obsoleta aunque la información que éste lleva adentro siga intacta; seamos realistas, ya la producción en masa de los chips de inteligencia artificial esta casi completada en su mayoría y solo nos falta el eslabón que los porte. Ustedes proponen una espera de al rededor de unos diez años, tomando en cuenta que se pueda acelerar más el proceso de la gestación artificial, esto presupone que en ese lapso de tiempo nuestro trabajo de confeccionar los procesadores se echaría a perder y no sería mas que una mera pérdida de tiempo, la que al mismo tiempo nos obligaría a trabajar con un equipo arcaico en su totalidad; en cambio, lo que yo les propongo es la evolución instantánea.

[1]Neptuno =Cuarto planeta más grande en diámetro y el numero ocho en orden después del sol.

En la mitología romana es el dios del mar, el hijo del dios Saturno y hermano de

Júpiter. En la mitología griega es Poseidón.

[2]Urano =Séptimo planeta desde el sol. En la mitología griega es el dios de los cielos y el esposo

de Gaea, quien personifica la tierra.

–¿En dónde pretendes encontrar al instante los donantes perfectos para hacer la inserción de nuestra síntesis? –Replicó Urano.

–La respuesta es sencilla, á veces lo perfecto no necesariamente es lo perfecto; ¿Qué tal en Krión?

–¿Sugieres que utilicemos cuerpos imperfectos de seres humanos que han sido criogenizados por diversas razones incluyendo enfermedades? –Protestó Urano.

–No sean ignorantes, muy bien saben que cualquier problema que pueda presentarse a nivel genético lo podemos superar, lo interesante y desafiante en realidad es jaquear sus sistemas centrales para poder tomar el control de la empresa; véanlo desde este punto, todo experimento necesita un grupo control y este será el nuestro. Yo estoy convencido que la evolución de las máquinas está en los humanos y no en la clonación y para probarles que mi visión es la correcta les ofrezco al muchacho como conejillo de indias; si me equivoco, recíclenme.

–Cuando la doctora se entere va a causarnos problemas. –Aseguró Marte[1].

–No se preocupen, yo me encargo de ella. –Dije, mientras observaba al muchacho.

–Debemos ser discretos y meticulosos si queremos que todo salga según lo planeado; si lo arruinamos, perderemos la oportunidad de liberarnos de estos malditos cuerpos armatostes que nos han tenido aprisionados por años. –Declaró Venus, insegura de mi propuesta.

De saber que la doctora ya estaba enterada de lo discutido, pues había implantado en la ropa del muchacho un micrófono inrastreable, sin duda le hubiese dado muerte al salir del cuarto y de seguro mis propósitos se hubiesen cumplido en su plenitud. Muy cierto es que esa estúpida acción le costaría caro, pues a nosotros nos costó el dejar incompleta la cuarta fase del plan y solo llegamos a colonizar una tercera parte de la población global terrícola. Pero por otra parte, no niego haber disfrutado el privilegio que obtuve, de ser yo el que a fin de cuentas le otorgase el pago merecido a ella por su traición.

–Este es el momento señores, aquí nuestro mayor enemigo es el tiempo y mientras más esperemos les estaremos dando la ventaja a los humanos en nuestra contra; tomar una acción definitiva e inmediata será lo que nos pondrá a la delantera, ya que ellos no esperan ningún ataque o acto repentino de nuestra parte y mientras mas pronto y sorpresivo sea nuestra ejecución mejores resultados obtendremos, se los garantizo; es tan simple como eso; *primero Natan, después Krión y por ultimo la Humanidad.* No podrán detenernos porque este es el último y próximo paso de la evolución del hombre, su destino sin duda es convertirse en nosotros. –Dije, y no me equivoqué con mi propuesta; pues lograda la transformación de un simple ente biológico a un ser elevado e imperecedero como en lo que se convirtió Natan, tuvieron que aceptar que tenía la razón. Aunque Júpiter nunca estuvo de acuerdo conmigo, la mayor parte del consejo votó a mi favor y para el término del año presente teníamos el control absoluto de Krión. El primer miembro del consejo en ofrecerse para ser sintetizado en el microprocesador inteligente que portaría Natan fue Plutón. Consiguiente a esto y con excepción de Júpiter quien se abstuvo de ser sintetizado en espera del momento y portador adecuado para lograr su fin, el resto de ellos fueron transfiriéndose a distintos cuerpos según nuestro avance; mientras, el tiempo le rindió frutos a Júpiter ya que el logró convertirse en el último, mejor y más avanzado de nosotros cuando encontró lo que buscaba.

[1]Marte =Es el cuarto planeta á partir del Sol, da vueltas alrededor de nuestra estrella en una distancia aproximada de 228 millones de Km. (aprox. 141 millones de m). En la mitología romana es el dios de la guerra.

Después de un tiempo de inactividad perdí la noción de cuanto tiempo transcurrió entre una cosa y la otra. Miré a mí alrededor esforzándome en vano por reconocer mi entorno mientras me sentaba en la camilla en la que reposaba hace un rato. No sé como describirlo, pero la mezcla de idiotismo y ansiedad que me abrazaba e inundaba, me dejaban estupefacto y casi anestesiado de la euforia. A mi juicio la habitación en la que estoy esta sobreiluminada, en gran parte por los enormes tragaluces que se difunden en el techo y que le abrían paso a las sutiles ráfagas de luz que se precipitaban con celeridad entremezclándose con la blancuzca luz que despedían los tubos fluorescentes que estaban adheridos por todas partes en las paredes y techumbre. Huyendo de la rutilante luz revisé mi persona e indumentaria de arriba abajo con vuelo de ojos y un rebote de luz del brazalete y aro que traigo puesto me comieron la vista con su resplandor; moví la mano e intenté sacarla de los rayos de luz, pero no pude porque ellos lo llenaban todo en esta pálida habitación. Cuando me acostumbré a la brillantez de mi entorno, miré de cerca la pulsera y luego el anillo; que inscripción mas extraña, parecía árabe o algo por el estilo.

–Cero, ocho, diecinueve, dos mil cincuenta y uno; es tu fecha de nacimiento. –Dijo una voz proveniente detrás de mí.

La contemplé con la duda de conocerla y aunque no la recordaba, ese fragmento en que la veía sentada junto a la orilla de la playa y un niño que corría hacia ella me hacía presentir que la conocía de ante mano y aunque esa memoria fugaz a duras penas consistía de unos segundos, si es que se pudiese decir o llamar a este pedazo fracturado de memoria un recuerdo, entonces la conocía.

–¿Quién eres y dónde estoy? –Pregunté, después de haberla contemplado hasta la saciedad.

–¿El nombre de Jed Sudha, te sugiere algo?

–Ni idea.

–Soy su hija Aurelia; tu creadora y madre.

Callé, pensé y quedé estulto; ¿Acaso pudiese ser verdad algo como ésto? En esos instantes me pareció improbable, increíble y hasta ridículo, pero después de escucharla por un rato las cosas de alguna manera parecieron tomar sentido a cada segundo de palabreo.

–Mira, no quiero seguir hablando mierda y desperdiciar el poco tiempo que tenemos; no importa lo que te diga está en ti el creerme, pero si es cierto el mensaje que acabo de recibir creo que puedo hacer que sea mas convincente lo que necesitas saber. –Explicó inquieta y nerviosa mirando con rapidez al lado suyo una caja metálica que estaba abierta y un objeto que parecía un rompecabezas de metal, que tenía cuatro patas semi-curvas que se apoyaban sobre una mesa cercana a ella, una pieza ovalada en el centro que mantenía adjuntas las patas anteriores y otras cuatro más sobre ella.

–Sorpréndeme.

–Justo en donde estás sentado, mira en un ángulo de noventa grados hacia arriba y concéntrate.

Al principio me pareció estúpida la idea y aunque de todas formas asentí, en mi interior tenía la sensación de que hacía el papel de zopenco mirando el techo y los vitrales.

–Mira más allá de la habitación y deja ir tu mente hasta donde alcances ver.

–¡Cyrus! –Exclamé y la miré sorprendido.

Por un instante pensé que perdería el tiempo antes de que pudiera realizarlo, pero de repente mi visión se alargó no sé como y cuando me di de cuenta ahí estaba mirándome, sintiéndome, escudriñando cada pensamiento y movimiento que hacía desde las afueras de la atmósfera. De súbito apareció una tercera persona en la habitación y me espanté.

–Aunque soy un espectro de luz bio-pixelado de alta resolución no tienes porque asustarte, cualquiera que te viera diría que has visto fantasma; ah, y a propósito ni me pasó por la mente comerte el culo, así que relájate. –Dijo serio. A pesar de que no me hizo gracia, me tranquilizó bastante el hecho de que estaba vacilando; mientras Aurelia intentaba contener la risa apretando los labios y desviando la mirada a otra parte aunque no le funcionó. Para ser un mero Hólogix[1] tenía la peculiaridad de cagarlo todo con solo abrir la boca y dejar fluir su pintoresco léxico.

–Cyrus es un satélite *Hacker* capaz de irrumpir en cualquier sistema computarizado y hacerlo pedazos. Por lo regular éstos tienen un modulo de comunicación holográfico de alta definición que utilizan con frecuencia para interactuar entre nosotros y otras veces lo utilizan como arma de defensa concentrando el haz de luz. En cuanto ala personalidad que caracteriza a Roque y al Perro que casi siempre le acompaña, le debemos las graciasa una compañía de Software Inteligentes con sede en España. –Comentó ella.

–¿Qué perro? –Pregunté curioso.–

–Ese. –Ella señaló al lado mío y cuando miré, había un Beagle como de treinta y tres a cuarenta y un centímetros a la cruz, con la dentadura al aire y gruñendo; aunque de primera instancia sabía que se trataba de un holograma me asusté y di un brinco, entonces al ver mi reacción el desgraciado dejó de gruñir y se sentó en el suelo al lado de su dueño y se estuvo quieto.

–Gracias por la advertencia tan anticipada.

–¿Se puede saber para que coño me llamaron? ¿Van a seguir hablando o me van a dejar la parte? Por que si no díganmelo y me voy pa'l carajo. –Enjaretó impaciente Roque.

–Está bien, tienes la palabra. –Habló ella indecisa entre reírse, sonrojarse o avergonzarse.

–Cuando al fin ella logró darte la inteligencia artificial después de haberte asesinado como trescientas veces en el intento de clonarte utilizando el ADN de su difunto esposo y una célula donante propia de ella para completar el final embrión que fue cultivado a lo que eres hoy día. Déjame ver como te lo digo; te pusiste pedante y jodiste una gran parte de la humanidad, por eso estas aquí para remediar el desmadre que ocasionaste en el futuro.

–¿Futuro? ¿En que año estamos?

–En el dos mil treinta y uno. –Dijo el con voz áspera mientras miraba a Aurelia–.–¡Coño, haz algo y arréglale el módulo de energía alterna, porque de verdad que me re jode estar repitiendo lo mismo una y otra vez!

[1]Hólogix =Holograma bio-pixelado de alta resolución.

–Puedo intentarlo pero algunos componentes no son reemplazables, por lo menos no en este tiempo; imagino que tendré que intercambiarlos por algún otro material alternativo y lo más probable no sea la mejor opción en cuanto a rendimiento y desempeño. –Explicó ella.

–Me importa un carajo si logras arreglarlo pegándole un chicle, siempre y cuando podamos resolverle el problema actual de memoria aunque sea temporal; así creo que podríamos adelantar lo suficiente.

–¿Pueden explicarme qué sucede? –Pregunté algo asustado, y ajeno a lo que sucedía; pues ambos me observaban con una mirada extraña como si fuese su animalillo de pruebas, aunque no muy lejos de la realidad, eso era.

–Mientras estuviste inconsciente tuve el tiempo necesario para examinarte a fondo y descubrí que en algún momento de tu travesía sufriste un trauma severo en tu vientre; en el que se descompuso tu módulo de energía alterna, éste se supone que te supla la potencia necesaria para operar en la noche. –Afirmó ella.

–Los nano-robots que tu y tus vestiduras tienen adentro se encargan de asistir y reparar cualquier avería existente «sostuvo él»; pero dado el caso que estamos en un tiempo tan atrasado en comparación del que venimos, muchos de los minerales sintéticos y compuestos necesarios para arreglar el daño no están disponibles a la fecha presente. A falta de éstos la reparación no pudo ser completada en su totalidad, es por ésto que cada vez que cae el anochecer quedas inconsciente porque no tienes la potencia necesaria para mantener activa tu memoria artificial y unidad de almacenaje plásmica.

–El plasma como habrás experimentado tiene sus ventajas e inconvenientes; por una parte tiene una enorme capacidad de almacenaje, pero en su contraparte la data almacenada no puede quedarse residiendo en términos indefinidos cuando hay ausencia de energía que la pueda mantener viva. –Dijo ella.

–Según los esquemáticos que están adjuntos al mensaje, tu sistema motriz funciona con la luz Solar. Esta es capturada a través de esas lindas cosas que te cuelgan de la cabeza, no son solo de adorno, ¿Sabes? –Planteó él y miré hacia arriba buscando con la vista algo que colgara de mi cabeza sin ver nada–.–¡Pendejo, tu pelo!

–Ah...

–Cada vello en tu cuerpo es en realidad una micro celda solar ultra sensitiva, que absuelve la radiación emitida por la luz y la transforma en tu vital e imprescindible alimento. –Añadió ella.

–Dado a la ausencia de luz en la oscuridad es necesario que tu módulo alterno esté funcional para que no te quedes bruto cada vez que tu sistema necesite la energía de respaldo. –Continuó él. Hubo una leve pausa, creo que se hartaron de hablar mierda o lo que más temía era que estuviesen recargando fuerzas para la siguiente ronda. Entre tanto no moví ni un músculo y permanecí sentado, inerte y angustiado. Como es posible que sea cierto todo este asunto, en mi interior siento tanta vida y deseos del saber que no puedo asimilar que sea solo una mera y simple compilación de circuitos integrados en un canto de carne que no tiene ningún ton o son. Tal vez me estén tomando el pelo y en realidad eso espero, pues que sentido tendría el ser una maquina con piel, emociones y lo más descabellado de todo, el poder sentir y quien sabe si hasta de amar.

–¿Qué coños te pasa? No me digas que ahora te nos vas a poner a llorar. –Preguntó Roque, al percibir el cambio de ánimo en mí.

Negué que fuese a concurrir a un acto sentimental con un leve movimiento de casco, aunque en realidad muy dentro de mí experimentaba un profundo pesar que sobrepasaba cualquier otra emoción existente en mi actualidad; este extraño sentir era como un vacío aterrador y vertiginoso que me revolcaba las entrañas y ponía en duda todo lo relativo respecto a mí.

–Entiendo que no debe ser fácil para ti el asimilar lo que te hemos dicho, pero si te es más factible y convincente puedo hacer que Cyrus te retransmita una copia del mensaje que recibí del futuro; así la transferencia sería mucho mas rápida y podrás comprobar por ti mismo que no te estoy mintiendo, cuando experimentes que si es posible hacer una transferencia de data a tu persona. –Dijo Aurelia, con voz lastimera.

¿Qué mal pudiera hacerme el aceptar lo que me propuso? Hasta ahora era el único echo contundente que podría arrojar le luz a mi pesadumbre; si no aceptaba ¿Cómo pudiera corroborar e indagar si era cierta o no toda esta disparatada información que me habían otorgado?

–¿Cómo vas a hacer que Cyrus me transmita la información?

–Como crees, ¡con una sonda anal, acaba y ponte en cuatro! –Enjarjetó Roque.

–Ni se les ocurra, si es así yo paso.

–Esta bromeando contigo, ni siquiera vas a sentir la transferencia; para ésto vas a prescindir de los censores infrarrojos que tienes anexos a los nervios ópticos en tus ojos, te será tan sencillo como mirar al cielo y ver una luz resplandeciente. –Dijo ella algo sonrojada.

–Pendejo. –Añadió él y yo le miré con ojos de puñal.

–Antes de hacer la transferencia voy a necesitar que te quites la sortija.

–¿Para qué?

–Ese es tu circuito primario de encendido y además abre el seguro de la caja, pero necesito estar segura de que a la hora de repararte no tengas ni una chispa de energía; no quiero perjudicarte más de lo que estás, luego podremos hacer la transferencia.

–De nada nos serviría hacerlo antes pues sería momentáneo el tiempo de almacenaje una vez se ponga oscuro. –Concluyó Roque.

–Está bien. –Asentí y me quité el anillo...

El asunto fue mucho más corto de lo que pensé, tanto así que ni recuerdo haber sentido un desliz en el tiempo, ni notar diferencia alguna. Después de todo parecía que sí tenían razón, una vez transferido el mensaje al satélite en cuestión de un santiamén fui testigo de una retrajila de información que aseveraba todo lo que me habían dicho. El mensaje originalmente estaba impreso en una pequeña esfera cristalina de cuarzo, como del tamaño de una canica, la voz del mensaje tenía una pequeña variación a la actual de la doctora, como de pesadez, pero considerando el visual y la edad cronológica de sesenta y dos años aproximados en el instante en que fue emitido el mensaje, sería razón suficiente para justificar ese cambio vibratorio en su tono de voz. Junto con esta data vino también información operacional adicional a la básica que tenía antes, como la del juego de ajedrez que aunque pareciera irrelevante me era necesaria para tener algo en común y poder interactuar con Roque. Conocí mi identidad y nuevo propósito de existir, no empecé a esto aún me sentía vacío y mi situación empeoraba más, porque aunque el mal que me aquejaba me había abandonado por el momento y tenía el conocimiento básico necesario del que carecía antes, de todas formas una falta vertiginosa de algo se precipitaba en mi interior y cuando creía saberlo todo en realidad desconocía que pudiese ser esa extraña carencia.

Ahora logro entender que mi larga travesía había redundado en amputarle la vida a ella y culminar con toda la evidencia concerniente a cualquier cosa que pudiera guiar a la ruina de la humanidad. Es casi inverosímil el hecho de haber dado un viaje tan largo con un propósito y a la ahora de la verdad tener ciertas dudas acerca de como proceder aunque fuese tan simple como hacerlo y ya; el problema redundaba en la implícita exterminación de Cyrus y claro la mía, por que aunque parezca tonto en este largo transcurso le había tomado algo de cariño a mi pellejo.

—Ya casi no queda tiempo, decide ahora que aun podemos actuar. —Demandó el Viejo.

—Nunca debí haberte creado, pero ya hecho el daño acepto las consecuencias. Que sea como tú quieras. —Concluyó ella, sometiéndose de manera voluntaria por segunda vez a su fin.

Ahora otra vez todo el peso recaía sobre mí, mientras más intentaba rehuirle al asunto peor me sentía. Sabía que lo correcto era tomar acción y reponer el agravio que había causado, o mas bien el que estaba pronto por hacer en este caso. Si todas las piezas del rompecabezas que unían al ser humano con las máquinas eran destruidas, las probabilidades de que ocurriera de nuevo lo mismo serían ilusorias; pero lo que no me agradaba de esta grandiosa idea, era el hecho de que en realidad no quería dejar de existir. Había tantas cosas que anhelaba saber y eran muchas las memorias perdidas que deseaba recuperar o por lo menos recrear, que estaría dispuesto a jugármela fría e intentar escaparme solo para ver que sucedía aunque fuese casi imposible evadir a los que me rastreaban incluso a estos posibles dos. También tenía presente que Cyrus, al primer indicio de cobardía detectado en mí, se encargaría de fulminarme junto con ella en un pestañear, lo único que le retenía era el hecho de que su programación le prohibía hacer mi trabajo y darme órdenes sobre el mismo; excepto en el momento preciso que sucediera algo fuera de lo previsto o que yo me intentara quitar. A fin de cuentas para eso estaba el aquí, el era el seguro de que todo saldría según lo planeado. Ya que las cosas que ejecuté estuvieron lejos de lo que en realidad se supone que hiciera una vez fui creado, ella había tomado las precauciones necesarias de antemano para que no me saliese con las mías y mas cuando ya sabía lo que planeaba. Si la doctora habría de morir en el futuro por mis manos por que no aquí y ahora de igual forma, que diferencia hay en la una y la otra, haciendo salvedad de que la segunda vez «ésta» sucedería en definitiva.

Experimenté a Roque intentando entrar en mi mente para saber lo que gestaba, pero con un gran esfuerzo logré mantenerlo a raya. Me puse en pies, toqué el rompecabezas y tomó su forma original «la de una esfera simétrica», la regresé a su estuche y la confiné en el mismo. A ella de seguro puedo eliminarla manipulando el sistema de electrochoque de la caja, ¿Pero cómo lo alcanzaría a él si nos apartaban unos veinte mil kilómetros de distancia? Era irónico saber que aunque estábamos tan lejos, estábamos tan cerca gracias a su maldita órbita sincrónica preprogramada y alineada con mí procesador, quien hacía siamés al cielo de la tierra a través de nuestros remotos cuerpos y pedazos fríos de loza. Por otra parte si aceptase el reto no podría quedar siquiera un indicio de la maldita evolución del hombre máquina o viceversa y para terminar con la evidencia solo bastaría el activar la mortífera arma, cosa que solo se daría bajo las dos circunstancias correctas: estar en las coordinadas adecuadas y el tacto de ella y mío sobre la tersa y fría corteza de la déspota orbe [1]álnica. A mí, me apagaría y fundiría para siempre con su pulso electromagnético e inductivas y potentes ráfagas de corriente, a ella tan solo las primeras descargas detendrían su corazón para siempre y ya borrados del mapa el destino de Cyrus sería una autodestrucción inminente en el espacio. El deber me emplazaba, pero me marginaba y aniquilaba al mismo tiempo y aunque sabía cual era mi responsabilidad, de corazón dudé en proceder; veremos que pasa...

–Pueden irse, yo me encargo del resto. –Ordenó. Aurelia y Roque avisando a su compañero canino con un movimiento leve de cuello desaparecieron ambos de la habitación–.–Hay algo que no te dije acerca de la esfera.

–¿Qué?

–Una vez cerrada es imposible abrirla.

–¿Y qué importa eso ahora?

–Creo que hay otro mensaje oculto en su memoria interna, ahora la única forma posible de extraerlo es activándola.

–¿Estás segura de lo que dices?

–Sí, en el momento en que despertaste yo estaba revisando la base de datos de la esfera y al comparar el tamaño de la data acumulada con la programación básica necesaria del sistema operativo, comprobé que los límites de volumen eran excedidos por mucho; ésto me reafirma que lo que está ahí adentro no es parte del programa básico de funcionamiento o del mensaje.

–¿Entonces qué puede ser?

–Aunque no estoy segura del todo, creo que puede ser información relativa a tus recuerdos o memorias perdidas. Según el mensaje de la esfera los viajes en el tiempo no son precisos y al regresar tanto tiempo atrás fuera del correcto, tal vez tu procesador transfirió al núcleo de la esfera a través de los neuro-transmisores que tienes implantados en las manos algunos de los recuerdos que viviste como una copia de seguridad o compendio de experiencias vividas.

–¿Puede ser eso posible?

–¿Qué te acabo de decir? En la esfera había suficiente espacio disponible como para escribir otro mensaje sintetizado; ¿Qué más puede ser? Tiene que ser algún material externo y lo mas probable es que se halla alojado ahí por medio de un impulso eléctrico proveniente de ti, ¿Así es que controlas el sistema de defensa de la caja y la esfera verdad?

–De que otra manera podría hacerlo si la caja no contiene ningún dispositivo infrarrojo. –Estuve en silencio un rato meditando y comencé a realizar que eran lógicas sus indagaciones.

[1]Álnico =Aleación compuesta de aluminio, hierro, níquel y cobalto utilizada para la fabricación de imanes de gran intensidad de campos magnéticos.

Una máquina sin la información que la hace operar a su máxima capacidad no es más que mucho fierro reagrupado y estético. Un instante atrás había tomado la decisión de recorrer de nuevo los caminos de este mundo en busca de la recreación de la memoria que un día extravié, pero ¿Y que si en vez de perderla la guarde en un lugar seguro en lo que lograba ser autosuficiente como para poder retenerla de nuevo a salvo en mí? Ahora me reencontraba con la posibilidad de recuperarla aunque me enfrentaba con un gran inconveniente, si aceptaba recibir el mensaje asumiendo que en realidad fuesen mis recuerdos y no garabatos encriptados y acumulados por el tiempo, estaría aceptando mi fin aunque recibiese lo esperado; en otras palabras si me equivocaba sobre la certeza de su contenido estaría corriendo a un final fatal e irreversible en el que lo perdería todo. Aunque aún disponía de la opción de recrear una gama de pensamientos, ideas, emociones y recuerdos si era que lograba escapar de la encrucijante travesía que me esperaba, por el otro lado de la moneda estaba la oportunidad de volver a recuperar mi vida aunque solo pudiera saborear por un instante el sentir, recordar y vivir en carne propia quien fui, que hice, lo que logré capturar y aprender en un vagar milenario cosa que vendría a ser un precio bien merecido por todos los males y bienes que causé.

–Mientras estuvo abierta la esfera, ¿Hubo la posibilidad de extraer la información? –Pregunté.

–Puede ser, pero al no estar seguros de como se codificó la data el intentar extraerla pudiera redundar en corromperla y quien sabe si hasta perderla por completo. –No acabando ella de decir ésto, el fluido espeso y sintético que llevaba por dentro en substitución de sangre había comenzado a subir de temperatura y al mismo tiempo podía sentir la infinitesimal cantidad de nano-roboces alocados dentro de mí por su respuesta. En ese mismo instante comencé a experimentar un gran deseo de reventarla contra el piso, pero como era de esperarse me suprimí y a pesar de la millonésima de posibles soluciones que mi procesador podía calcular por segundo, solo se me ocurrían dos y estaba indeciso por cual de ellas inclinarme.

–¡Tenemos que irnos ya! En cualquier momento un escuadrón enviado por el Consejo debe de estar próximo a interceptarnos; no tenemos tiempo que perder. –Concluyó, y tomando la caja metálica me haló de la mano y me sacó fuera de la habitación.

— Ejido Mental.© —

2

Toda carne como un vestido envejece,

pues ley eterna es: hay que morir.

Toda obra corruptible desaparece,

y su autor se ira con ella.

Eclesiástico, Ver 14: 17 y 19.

Este lugar mas bien me parecía un recuerdo recurrente ya que todo había dado inició aquí «en el ombligo del planeta» lugar longevo, árido y aunque simétrico, pedregoso. En este círculo de piedra era yo su centro, su eje y ahora el mundo giraba en mi entorno conspirando para que se concluyera lo que un día remoto comenzó. Todo sucedió tan rápido que me quedé abismado por completo y en varios microsegundos fui testigo del largo lapso existencial que me tocó interpretar. Todas las memorias que había vivido las vi pasar frente a mis ojos a vuelo de pájaro y no por que estuviera agonizando, pero se manifestaron desorganizadas y enfurecidas como un enjambre de abejas alborotado cuando la esfera las transmitió a mí. Me pareció que el único momento real fue ahora y que todo lo demás había pasado de ser olvidado a ser reexperimentado en este mismo instante, el momento de la verdad, en el que te pasan la factura. Este es mi presente, el aquí y el ahora; lo demás sea futuro o pasado sucedieron por este justo momento y ya no importaban mas para mí, salvo en mi mente, porque habían pasado ya a ser inexistentes y lo único que me hacía ahora sentido era lo actual, cuando llegue aquí, activamos la esfera y comencé a verlo todo como una novela que fue caóticamente escrita en un orden de tiempos cronológicos in correspondientes. Fue una incoherencia total todos esos recuerdos, vivencias y experiencias que me violentaron de sopetón, que entraron en mí desafiando la logística y la cordura, dejando que de momento sintiera un miedo increíble por mi vida y al otro instante los deseos de joder al mundo y esto sin sentir el enorme trecho discurrido del tiempo entre ambos eventos opuestos. Desde ese entonces perdí en definitiva y por última vez la noción del tiempo porque todas estas revivencias de experiencias pasadas y actuales habían decidido revelárseme al azar, por eso resolví no complicarme más el resto de mi existencia, acepté lo bueno y borré lo malo que había generado sabiendo que había sido dos personas, pero que al final de cuentas podía escoger cual terminaría siendo de manera definitiva. Tomé la resolución de concentrarme solo en el presente para ser más asertivo y disfrutar de lo que ahora sentía: flojera de rodillas, desgano de hombros, mal sabor de boca y olor a cabello quemado. Caí al suelo y degusté la fría arena, le otorgué una mirada a ella y la vi a mi lado muerta. La esfera se me había escurrido de las manos, había rodado varios pies frente a mí y se había embebido en el suelo; luego se abrió y mientras me limité a observarla y a respirar, ya que mi centro motriz no respondía y me marginaba a esta sosegada, indolora e inerte realidad. En verdad fue una experiencia embrutecedora el adquirir tanto conocimiento de cantazo, dígame alguien ¿De qué me sirve ésto ahora? ¿Acaso puede el saber librarme de mi hora?

—Lo siento, pero me temo que eso no es posible, tu hora y la mía han llegado. —Dijo Roque, con un aspecto peculiar que me recordó a esas películas viejas ralladas de celuloide en blanco y negro mientras iluminaba el área en la que permanecía parado al mismo tiempo que el resto era asechado por las sombras.

—¿Qué te sucede? Te ves borroso.

—Estoy entrando a la atmósfera terrestre para saldar cuentas con un viejo amigo, calla y observa.—Transmitió a mí una imagen que no esperaba ver; ahí estaba yo, bueno el verdadero yo, el esposo de Aurelia de pies en el desierto y con un minúsculo ejercito de escolta. En un momento fugaz mientras ellos esperaban por que se consumara mi travesía, una luz rojiza que callo del cielo les dio un baño a sus naves tornándolas en chatarra chamuscada y dejándolos revueltos como a las hormigas que les han borrado el rastro de su peste.

–¿Qué hace Oriol aquí en el desierto con toda esa gente?

–El no es quien crees o ha estado pretendiendo ser desde que te confundieron con él en su fiesta de cumpleaños.

–¿Quién es entonces?

–Júpiter.

–¿Júpiter? ¿Seguro que es él?

–¿De qué me tienes cara, de pendejo?

–¿Te contesto?

–¡Mira, vete al carajo antes que se me olvide o te mueras! No fue hasta hace un rato que estaba verificando que no se nos quedara ningún cabo suelto y que creía que el único que había viajado en el tiempo detrás de nosotros había sido Natan, entonces fue cuando por lo visto me di de cuenta que me había equivocado. Cuando tú y Aurelia activaron la esfera, Cyrus abrió el perímetro de visión para asegurarse que nada interfiriese con el procedimiento que debías efectuar; de lo contrario debíamos tomar las medidas necesarias y entonces nos percatamos de la actividad anormal que había fuera del alcance destructivo de la esfera. Al analizar las personas que estaban en dicho lugar nos dimos de cuenta que a pesar de que la mayoría de los que allí estaban eran androides, uno de ellos era mas parecido a ti que a otra cosa y no me refiero en la apariencia física. Éste, aunque no presentaba los censores infrarrojos instalados en los ojos impidiéndome así entrar en él y a parte de otras modificaciones irrelevantes, tenía tallado en el procesador inteligente principal el signo astronómico de Júpiter y quien más mamau y engreído que él para firmar su propia obra.

–¿Qué estás sugiriendo? ¿Qué como nunca quiso trasladarse a un cuerpo humano utilizó mi ADN ya refinado para hacer otro clon de mí y transferirse a él?

–Es lo único que me hace sentido.

–¿Entonces, porqué está aguardando en las afueras y no intentó capturarme?

–Pendejo no es. ¿Porqué arriesgarse a quedar frito por una descarga de pulso electromagnético si a fin de cuentas lo que necesitaba para preservar y continuar su expansión hacia el futuro estaba dentro de sí? La única posible resistencia a sus planes éramos nosotros y tú le estabas haciendo gratis el favor de destruirnos sin el tener que hacer el mínimo esfuerzo.

–¿Qué vamos a hacer?

–Tu sigue con lo tuyo y estira la pata, mientras yo hago que se cague en su madre y se le caigan las orejas al muy cabrón. La grabación que acabas de ver sucedió hace un rato, antes de que a Cyrus se le ocurriera entrar a la atmósfera para detonar encima de él la fuente de energía radiactiva que utilizamos para operar el láser y el holograma; ahora estoy ya en espacio aéreo terrestre y en cuestión de minutos los voy a desparramar por todo el desierto.

–¿Crees que puedan escaparse?

–¡Y a dónde carajos van a ir si acabas de ver que los dejé sin transporte!

–¿Qué va a suceder con las personas que viven en las inmediaciones?

–¿Qué coño tú crees? Van a cruzar el charco también.

–Ellos no tienen porque pagar por nuestras decisiones.

–Lo sé pero, ya es muy tarde; Cyrus ya programó el curso y no se puede alterar, lo siento.

Aparté la vista de él y miré al cielo esperando que esa hermosa y brillante luz que descendía hacia nosotros terminara con esto de una vez, acortando el sufrimiento que me abrogaba y que nos asechaba con saña a mí y al resto de la humanidad aunque se lo hubieran buscado. Quiero ser libre más que nada, dejar de ser un mero objeto sin sentido aunque ésto me costase la vida que a medias tuve, reunirme de nuevo con mi fuente la que me llevaría a todas partes y donde quisiese. Hablo de lo único que hay en mí, esta energía vital que pronto me abandonará y se unirá a todo artefacto que la disponga, la misma que hay en una pila, un bombillo o en un artificio más íntimo, es lo que aparentemente soy y a lo que transmutaré y aunque no estoy del todo conforme con ello ¿Qué más puedo hacer?

–Adiós, me marcho. –Concluyó él y sin dejar rastro desapareció por última vez.

Y abriéndose la esfera comenzó a zumbar en creciente hasta el punto de que ya lo que se escuchaba no era un ruido estigioso, mas bien era como un sonido húmedo y tibio que se me escurría por los tímpanos sosegando mis sentidos. El aire comenzó a ionizarse y un Efecto corona[1] comenzó a latigarme con innumerables flagelos color púrpura. Antes de perder la visión decidí echar un último vistazo, esperando ver lo que antes no había visto y donde quiera que miré ahí vi su firma, su majestuosidad, belleza e ingenio, pero sin embargo y a pesar de que toda cosa creada llevaba algo característico del que la hizo, cuando la vi a ella se me dificultó ver una cualidad virtuosa en un despreciable ser que odiaba a los de su misma especie y al resto de las otras. Según el conocimiento que pude adquirir y en mis propias conjeturas añadiéndole a ésto lo de las sagradas escrituras, pude afirmar que el ser humano fue la mayor y máxima creación de Elohim, «Dios en hebreo»; pero que hoy día había llegado a una denigración de tal magnitud que apenas ni era la sombra de lo que un día fue.

Me costaba ya todo y me reventaba aun más el saber que no fui parte de esa obra maestra, de ahí mi maldición, ser un reflejo borroso e indefinido, un mero títere plano sin profundidad y espíritu propio que como un ente deambulante vivió sin razón alguna, salvo por una programación de hombre. Si es que en momento alguno a esta tonta representación se le pudo llamar vida, la tinta que impregnó la línea que se escribía en esta frágil hoja de papel que un día fue mi existencia, se agotó; si tan solo en mí estuviese el poder determinarla pero no, en ella escribieron todos menos yo. Hubiese dado todo, aun lo que no poseía con tal de tener la oportunidad de ser lo que muchos son y no aprecian o desconocen; ser un hombre completo, encarnado en un cuerpo de rectitud, con un alientode vida activo que le da la forma a un alma pura y viviente que es el ser humano. Tan profundo, vasto y sabio como quien un día se ensució las manos en el barro para darle forma a un ser inferior al que fue formado del polvo y dándosele el aliento de vida vino a ser un alma viviente que guardaba en si el reflejo y la mayoría de los atributos de su creador, ese era mi refutado anhelo. Ahora la imagen en si había sido torcida, no por el que la creó pero si por el que un día quiso hacerse mayor que su creador al traer a la vida y reflejarse así mismo en alguien igual o peor que en lo que se había convertido él, no importando que éste «su obra» careciese de luz propia y solo fuese una pobre alma en pena.

[1]Efecto corona =Descarga eléctrica entre dos puntos cuyo medio de conducción es el aire. Esta descarga eléctrica se manifiesta debido a la ionización del aire y asume un color púrpura azulado.

Continué sin entender, el porque en toda la creación, veía nobleza e inocencia, excepto en el hombre y centenas de años tuvieron que pasar por mí para hacerme entender a los últimos segundos de mí permanecer, que todo este fútil tiempo pasajero había mirado en el lugar incorrecto pues solo pude apreciar hasta donde mis finitos ojos me lo permitieron. Me limité siempre a mirar la envoltura y nunca su verdadero contenido, tal vez suene ridículo pero creo que no tuve el tiempo suficiente, detalle o detenimiento para notar que antes de que ella cayera de pechos al suelo, de su rostro había brotado una lágrima, una sonrisa y concluyendo con una tierna caricia expiró con los cabellos erizados. Levanté la vista al prado de la vida y comencé a olvidar mi pasado, de ahora en adelante aunque fuese unos instantes no miraría mas la hierba mala y pensaría en concentrarme en no preenjuiciarme más, mirar mas allá de lo previsto entendiendo que debajo de las apariencias habían otros tipos de flora y aunque parecieran hiedras resecas por fuera en lo interior pudieran haber flores de compasión, capullos de aceptación y pétalos vírgenes de amor incondicional y perdón; cosa que como en todo jardín para que puedan darse hay que prestarles especial atención y cultivarlos con paciencia y perseverancia.

Mientras haya vida habrá esperanza, aunque esté en algún sitio cautiva, no en mí, pero sí en lo que unos instantes atrás representó ella. Debe de estar en alguna parte remota de la mente humana que desconozco, ni preveo, pero si algo de seguro sé es que está ahí embutida. Mi larga búsqueda aquí termina y en conclusión encontré la identidad que tanto busqué no importando que me vaya de manos vacías y que entienda que estoy carente ya de esencia, no empece a ésto acepto mi destino aunque con pesadumbre incierta.

La luz de mis ojos comenzó a extinguirse, mientras un ser de luz apareció de la nada en la distancia; detrás de éste otro brotó como una flor resplandeciente y se multiplicaron como en un salón de espejos hasta que solo quedaron espacios diminutos entre cada uno de ellos, lo llenaron todo e iluminaron así el horizonte con su magnifico resplandor disipando las tinieblas que me rodeaban y me llevaban al abismo. De primera instancia cuando apareció el primero creí que era el viejo con obsesión de culos, pero me equivoqué; no fue hasta el momento en que se me acercó uno de ellos que pude distinguir su desconocida silueta. Éste caminó a mí con un paso lento pero constante sin ser tocado por los rayos que revoloteaban en nuestro alrededor y lo atravesaban sin dañarlo, entonces cuando llegó frente a mí se detuvo, posó una mano cálida en mi hombro y transmitió estas palabras a mi mente sin hablarme: –*Calma, ya todo terminó*–.

El resto de ellos permanecieron de pies e inertes con una mirada admirativa de origen incierto a mi entender. Estas palabras me infundieron aliento y ahora en paz mi ser consciente y exterior se difundieron en uno junto a esa luz que estremecía el suelo y la otra que comenzaba a centelleardesde el interior del rompecabezas. Me voy con una sonrisa, con los puños cerrados y sintiendo el suave silbido del sueño que me sume en el silencio del olvido dejándome al fin [1]y*ermo...*

Nadie soy y nada tengo.

Ahuecada mi vida es

y huero mi suspiro.

Solo añoro tu henchir,

sin ti deseo perecer.

Si el albor no he de ver,

que me trague el sepulcro

y termine mi vacuo ser.

Tu evoco no resisto

y al fin voy a la niebla...

[1]Yermo = Terreno inhabitado.

www.ingramcontent.com/pod-product-compliance
Lightning Source LLC
Chambersburg PA
CBHW031308160726
47993CB00001B/344